56년 **샘터** 잊지 못할 명문장

일러두기

- 수록된 문장은 월간 〈샘터〉에 게재된 글 중 일부를 발췌한 것입니다.
- 원문의 글맛을 살리기 위해 당시의 맞춤법과 표기법을 따랐으며 글쓴이 직업 역시 기고
  당시 기준으로 명기했습니다.
- 본 도서에 실린 특정 종교 및 정치적 견해는 필자 개인 의견으로 당사의 편집 방향과
  무관합니다.

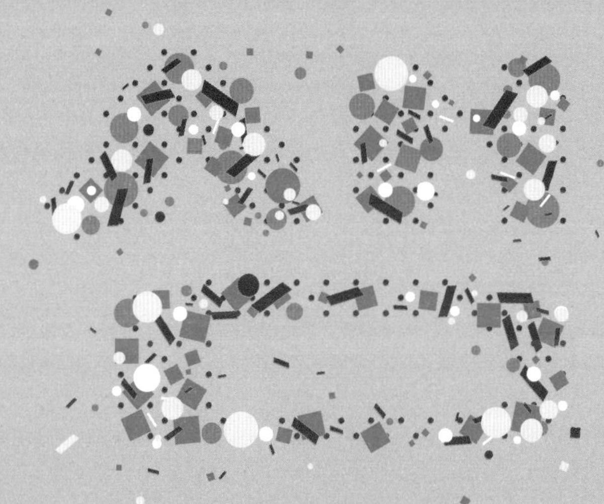

56년 **샘터** 잊지 못할 명문장

평범한 사람들의 행복 필사

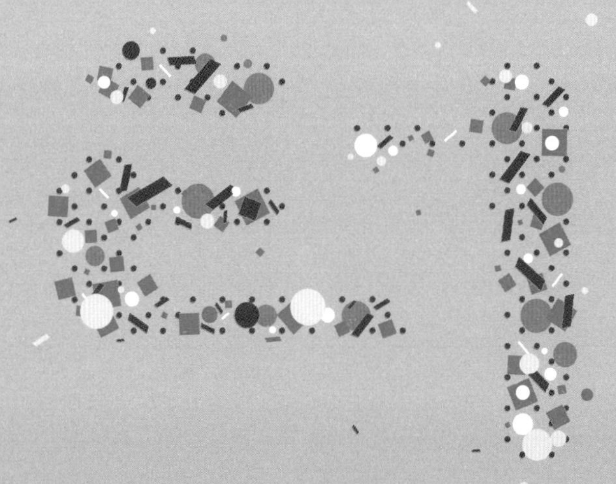

이해인(수녀, 시인)

오래된 〈샘터〉의 애독자로서 필자로서 이 필사집은 마치 커다란 보석상 하나를 통째로 선물 받은 느낌입니다. 사랑의 진주 목걸이도 있고, 우정의 반지도 있고, 지혜의 귀걸이도 있고, 희망과 기쁨의 브로치도 많아 마음대로 고를 수 있는! 어쩌면 이렇게 좋은 말들을 다양하게 함께 모아두었는지요. 페이지마다 친절한 안내와 구체적인 물음까지 곁들였는지요. 하늘의 별이 되어 더 이상 세상에 안 계신 작가들의 글 앞에선 눈물겨운 감동으로 한참을 머무르게 됩니다.

잡지를 일일이 찾는 수고를 하지 않고도 한꺼번에 선물 받은 이 행복을 우리나라 전 국민과 나누고 싶은 마음 가득합니다. 인생에 도움 되는 보석 같은 글들을 같이 읽고 필사도 하면서 선과 진리를 향한 순례자, 사랑의 샘터 가족이 되는 꿈을 꾸어봅니다. 새롭게, 고맙게, 기쁘게!

나태주(시인)

〈샘터〉는 한국 최초의 문고판 잡지로서 아주 오랜 세월 동안 이 땅의 힘겨운 영혼들의 목마름을 채워주었던 그야말로 '샘터' 같은 잡지였습니다. 세상의 파당에 휩쓸리지 않고 오로지 인간의 정신과 영혼, 그리고 진실에만 귀를 기울이며 발간된 잡지였습니다. 그리하여 방황하는 시대를 잘 이겨내게 해주었습니다.

그런 〈샘터〉에 실렸던 문장들 가운데서 오늘날에도 의미 있는 문장들만 골라냈으니 그 문장들은 바닷가 모래밭의 조약돌들처럼 충분히 세월의 무게를 견뎌내고서도 반짝일 것입니다. 여전히 오늘날에도 방황하고 지치고 힘든 영혼들이 이 책에 실린 맑고도 깊고도 아름다운 문장을 읽고 옮겨 적으면서 자신의 맑고도 깊은 아름다운 영혼을 되찾았으면 좋겠습니다. 이 한 권의 책으로서 샘터의 정신이 우리들 마음속에 영원히 이어질 것을 믿습니다.

욕심을 버리기란 어려운 일입니다. 우리나라 대표 문화 교양지 〈샘터〉에 수록된 글에서 명문장을 발췌하는 동안 계속 욕심이 생겼습니다. 목표한 100개를 모두 선별해 놓고도 더 좋은 글귀가 지난 페이지들의 어딘가에 사금처럼 숨어있을 것 같아 옛 잡지들을 들추고 또 들췄습니다. 우리가 현시대에 놓치고 사는 가치들은 시간을 거슬러 올라갈수록 원형 그대로 간직돼 있었습니다.

빛바랜 책장을 열고 과거로 들어가 사람, 자연, 문화와 대면할수록 한 가지 생각이 머릿속을 밝혔습니다. 장장 56년 동안 독자의 곁을 지켜온 〈샘터〉는 과연 한국인들의 삶을 지탱해 준 지혜의 수장고, 소란한 마음을 다스리는 명문(名文)의 보고이구나. 샘터라는 옥토를 캐면 캘수록 가슴속에 새기고 싶은 언어들이 줄줄이 수확됐으니까요.

좋은 문장이란 무엇일까요. 이해가 쉬운 글, 감정을 건드리는 글, 몰랐던 지식을 알려주는 글 모두 맞지만 제일은 시간이 흐를수록 생각나는 문장이 아닐까 싶습니다. 요즘 같은 시대에 텍스트의 수명은 너무나 짧습니다. 읽는 이의 마음에 뿌리내리지 못하고 정보의 홍수에 휩쓸려 지나가 버리기 일쑤입니다. 사람과 문장의 진정한 만남이 상실되었습니다. 읽는 이와 글쓴이의 깊은 교감이 불가해졌습니다. 글 읽기에 시간을 들일 틈이 없는 바쁜 현대인들의 생활환경도 원인이겠지만 시간 들여 읽을만한 글의 부재 또한 한몫합니다.

세상을 관조하는 신선한 시각, 감정에 파고를 일으키는 농밀한 정서, 삶에 대한 통찰과 달관이 담긴 글은 쉽게 떠나보내기 어렵습니다. 문장 속에서 '내'가 보이기 때문이지요. 자신을 되돌아보게 하는 글귀는 무심해지려는 마음을 붙잡아 줍니다. 그리하여 좋은 문장은 읽을 때보다 시간이 흐른 뒤에 더 깊은 여운으로 다가오는 법입니다.

반세기 넘게 한국인의 눈과 귀가 되어준 월간 〈샘터〉에는 세월 따라 옹골차게 영근 문장들이 빛을 발하고 있습니다. 법정 스님, 이해인 수녀, 최인호 소설가, 피천득 시인 같은 당대 문장가들의 참다운 산문이야 말할 것 없고 회사원, 주부, 군인, 자영업자 등 서민들의 생생한 목소리들이 바로 어제의 이야기처럼 살아 숨 쉽니다.

오래오래 아낄만한 글들을 다시 세상에 내놓지 않았으면 얼마나 아쉬웠을까, 가슴을 쓸어내리며 100개의 문장을 엄선했습니다. 삶의 진리를 일깨우는 명사의 옥고나 이름 높은 문필가의 수상록만 가려 뽑지 않았습니다. 우리와 함께 어우러져 사는 이웃들의 사연 또한 눈여겨 읽고 옥석을 가렸습니다. 빈부귀천, 남녀노소, 동서고금을 막론하고 수많은 필자가 참여한 〈샘터〉에는 우리가 잊고 있던 정서와 미덕이 다채로운 이야기 속에 가득했습니다.

문장들을 고르는 기준은 하나였습니다. 수십 년이 지난 오늘날에도 독자들의 가슴 속에 청정한 숨을 불어넣을 문장인가. 화려한 미문이나 지식을 앞세운 글보다는 진솔한 경험과 사유가 묻어나는 구절에 마음이 기울었습니다. 그렇게 공들여 뽑은 문장마다 독자에게 건네는 질문을 보탰습니다. 그래야 읽는 이의 일상을 비추는 거울이 될 테니까요. 답변을 생각해봄으로써 그 의미가 독자의 마음속에 깊이 안착했으면 하는 바람이었습니다. 더불어 글의 감동을 고스란히 전하기 위해 발췌문이 속한 전문(全文)을 스무 편 실었습니다.

샘터 애독자였던 분들은 지난날 위안을 얻었던 〈샘터〉의 글을 손으로 옮겨 적으며 과거의 자신과 조우하는 시간을, 〈샘터〉가 익숙지 않은 분들은 수필의 정수를 즐기는 시간이 되리라 믿습니다.

독자의 입장이 되어 〈샘터〉의 명문장들과 마주 앉아 펜을 들었습니다. 눈으로는 미처 헤아려지지 않던 의미들이 손끝의 기운을 받아 살아납니다. 행간에 숨겨진 의미가 또렷해지고, 글이 가리키는 메시지가 선명해집니다. 비로소 〈샘터〉를 제대로 마주한 기분입니다.

2026년 2월, 월간 〈샘터〉 편집부

한재원·김윤미 기자

차례

추천사 … 4
들어가는 글 … 6

(1장
정다운 벗을 사귀는 기쁨

001 김재순 〈조그만 마음씨나마〉 … 18
002 피천득 〈유우머의 기능〉 … 20
003 박완서 〈벽을 허무는 건 대화〉 … 22
004 윤오영 〈명랑한 표정〉 … 24
005 전숙희 〈사람은 누구나 아름답다〉 … 26
006 양희은 〈나이 따라 내 노래도 옷을 입자〉 … 28
007 황주리 〈소문의 벽〉 … 30
008 장진건 〈한 가족의 식탁에 올리듯〉 … 32
       └ 전문 … 34
009 박연숙 〈신뢰 쌓는 따뜻한 정성〉 … 40
010 임의진 〈마중물이 된 사람〉 … 42
       └ 전문 … 44
011 김형석 〈그 여름의 성탄카드〉 … 48
012 장영희 〈못 줄 이유〉 … 50
013 이병주 〈라이벌로서의 친구〉 … 52

014 오생근〈닻을 내리려는 마음〉 ··· 54

015 한강〈지상에서 가장 부끄러운 고백〉 ··· 56

016 김인숙〈환상 속의 왕자님을 떠나보내고〉 ··· 58

017 법정〈마음의 메아리〉 ··· 60

　　└ 전문 ··· 62

018 윌리암 T 무운〈행복은 전염하는 것〉 ··· 68

019 현장 스님〈한잔의 차를 마시며〉 ··· 70

020 이정섭〈종가집의 호박잎쌈〉 ··· 72

021 김미라〈우산 세 개〉 ··· 74

022 백은하〈불행을 버티게 해줄 아름다운 인사〉 ··· 76

2장
행복을 밝히는 마음의 등불

023 법정〈샘터 창간 33주년 기념 대담〉 ··· 80

024 김후란〈넓고 밝은 가슴으로〉 ··· 82

025 홍윤숙〈빛 밝던 창〉 ··· 84

　　└ 전문 ··· 86

026 김기승〈나〉 ··· 90

027 송정숙〈찰진 인절미처럼〉 ··· 92

028 이보정〈조율에서 얻은 인생〉 ··· 94

029 이기영〈자비의 태양은 빛나고〉 ··· 96

030 나혜국 〈사람 기르는 게 독립운동〉 … 98

031 이인호 〈살아있다는 증거〉 … 100

032 나태주 〈세한(歲寒)〉 … 102

033 정병조 〈육체보다 영혼을〉 … 104

    └ 전문 … 106

034 최인호 〈보이지 않는 적〉 … 110

035 손봉호 〈어려운 길을 택할 때〉 … 112

036 손석희 〈삐뚤어져 있어도 바로 본다〉 … 114

037 성경린 〈그윽한 암향의 세계〉 … 116

038 오현주 〈게리 쿠퍼의 얼굴〉 … 118

039 전옥이 〈자그마한 행복〉 … 120

    └ 전문 … 122

040 고재기 〈무등산의 물맛〉 … 124

041 최종태 〈단 한번의 이 삶을〉 … 126

042 홍윤숙 〈나날을 고해하듯〉 … 128

043 전유성 〈지금 당장 튀지 않아도 돼, 난 평생 할 거니까〉 … 130

044 조정래 〈'아론의 집'에서〉 … 132

3장
지혜로운 삶의 태도

045 신달자 〈아름다운 끝맺음〉 … 136

046 박갑성 〈평범한 사람〉 … 138

047 이광복〈도망이 아닌 출발〉··· 140

048 김준엽〈진인사대천명〉··· 142

049 이근후〈휴식과 일의 무게〉··· 144

050 신영복〈한 평 방 속의 우주〉··· 146

└ 전문 ··· 148

051 안영〈혀 끝에 날이 서면〉··· 154

052 안성기〈훌륭한 연기는 기술보다 인격이 앞선다〉··· 156

└ 전문 ··· 158

053 최인호〈말과 침묵〉··· 160

054 김태길〈나그네 길도 짚어가며〉··· 162

055 송인상〈미래를 내다보며 산다〉··· 164

056 최완택〈막힌 곳에서〉··· 166

└ 전문 ··· 168

057 이해인〈기도일기-새해를 맞으며〉··· 170

058 장사익〈늦깎이 소리꾼이 버린 것〉··· 172

059 정채봉〈어둠을 찍어낸 광부〉··· 174

└ 전문 ··· 176

060 장리욱〈사실 알고 보면〉··· 184

061 법정〈가을바람이 불어오네〉··· 186

062 김용택〈그리운 용조 형〉··· 188

063 이명랑〈용 아저씨〉··· 190

└ 전문 ··· 192

064 문정희〈작은 행복〉··· 196

└ 전문 ··· 198

4장
우리를 지탱해주는 사랑

065 목정배 〈사랑은 물이다〉 ··· 204

066 강인숙 〈그것은 결코 죄가 아니니라〉 ··· 206

067 서정주 〈석전 스님의 도애의 힘〉 ··· 208

068 고정희 〈여름에 쓰는 편지〉 ··· 210

069 안춘자 〈기도〉 ··· 212

   └ 전문 ··· 214

070 이규동 〈거듭나는 마음〉 ··· 218

071 조영실 〈사랑독에서 퍼주는 사랑〉 ··· 220

072 정현종 〈붉은 달〉 ··· 222

073 장영희 〈'진짜'의 조건〉 ··· 224

   └ 전문 ··· 226

074 최연희 〈혼자서 쌓아올린 모래성〉 ··· 232

075 정채봉 〈사랑과 밤〉 ··· 234

076 김영련 〈무지개를 잡으러 가는 아버지〉 ··· 236

   └ 전문 ··· 238

077 법정 〈샘터 창간 33주년 기념 대담〉 ··· 240

078 김연수 〈진짜 사랑한다면 조금 덜 사랑하라〉 ··· 242

079 서영남 〈배고픈 사람이 원하는 것〉 ··· 244

   └ 전문 ··· 246

080 박범신 〈존재의 나팔 소리〉 ··· 250

081 황석기 〈수첩 쓰다보니 인생이 달라졌어요!〉 ··· 252

   └ 전문 ··· 254

5장

자연의 맑은 속삭임

082 이해인 〈산 위에서〉 ··· 262

  └ 전문 ··· 264

083 김태정 〈벼랑 위의 들꽃 한송이〉 ··· 268

084 이은희 〈소리도 없이〉 ··· 270

085 이사라 〈마음의 여유〉 ··· 272

  └ 전문 ··· 274

086 송경 〈설중매〉 ··· 276

087 이영희 〈민들레가 보낸 편지〉 ··· 278

088 이시형 〈지친 후에야 만족이 온다〉 ··· 280

089 박서보 〈가을들판〉 ··· 282

090 김명수 〈초가집 추녀밑의 건시(柿)〉 ··· 284

091 정태시 〈항상, 기뻐하라〉 ··· 286

092 이어령 〈아침 중의 아침을 위해〉 ··· 288

093 이지누 〈할배한테 찔레꽃 향기가 나네〉 ··· 290

094 구본형 〈적절한 시간〉 ··· 292

095 서정록 〈생명의 숨결〉 ··· 294

096 임재해 〈영등할매 오시면 꽃샘바람 몰아친다〉 ··· 296

097 김열규 〈시월 상달, 감나무 단풍에 기대어 생각한다〉 ··· 298

098 최병성 〈하늘이 선물한 보석〉 ··· 300

099 최인호 〈조용한 사람〉 ··· 302

  └ 전문 ··· 304

100 김재순 〈기나 긴 겨울은 간다〉 ··· 312

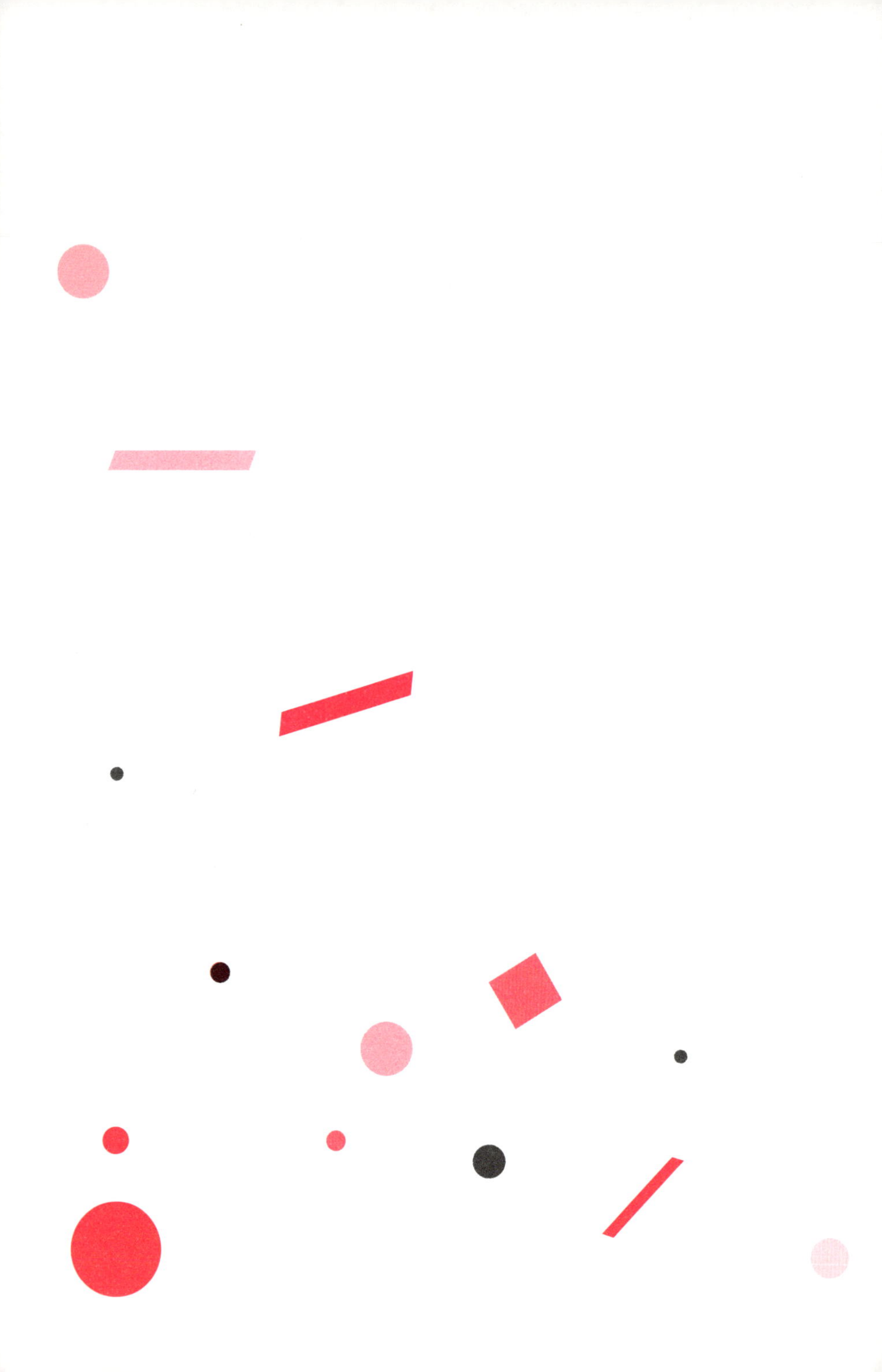

정다운 벗을 사귀는 기쁨

이런 말이 있습니다.

'나는 인생길을 한 번밖에 지나가지 않는다.

그러므로 좋은 일, 남에게 도움이 되는 일이라면

무엇이든 즉석에서 할 필요가 있다.

늦추거나 게을리 해서는 안 된다.

이 길은 같은 시간에 두 번 지나갈 수 없기 때문에.'

김재순 〈조그만 마음씨나마〉 1970년 11월호

Q.
지난날 도움을 주지 못해 후회로 남은 일이 있나요.

A.

위트는 남을 보고 웃지만 유우머는 남과 같이 웃는다.

서로 같이 웃을 때 우리는 친근감을 갖게 된다.

유우머는 다정하고 온화하며 지친 마음에 위안을 준다.

유우머는 가여운 인간의 행동을 눈물 어린 눈으로

바라볼 때 얻어지는 것이다.

피천득 〈유우머의 기능〉 1979년 1월호

Q.

혼자보다 여럿이 함께 웃을 때 기쁨이 얼마나 더 커지나요.

A.

숨기는 것 없이 정직하고,

진심에서 우러난 성의있는 대화가 있는 곳엔

벽이 있으려야 있을 수가 없게 돼 있다.

박완서 〈벽을 허무는 건 대화〉 1976년 5월호

Q.
최근에 누군가와 진솔한 대화를 나눈 적이 있나요.

A.

|

반드시 남을 위해 베풀지 아니해도 좋습니다.

항상 명랑한 마음을 가지고 밝은 표정을 지으면

그것이 곧 친절이요, 스스로 흐린 마음을 가지고

흐린 표정을 하면 그것이 불친절한 것입니다.

윤오영 〈명랑한 표정〉 1975년 7월호

Q.
당신은 평소에 어떤 친절을 베풀며 지내나요.

A.

사람은 사람 속에서 살게 마련이다.

이렇게 함께 살아가는 사람에게서

하나의 장점을 찾아 사귈 때

사람과 사람 사이는 아름답게 맺어지고

모든 일이 순리대로 평화롭게 이루어질 것이다.

세상에서나 한 가정에서나

증오와 투쟁을 없이 하는 길은 서로를 아름답게 보고

서로를 사랑하는 길 뿐이다.

전숙희 〈사람은 누구나 아름답다〉 1988년 8월호

Q.
남들이 말하는 당신의 장점은 무엇인가요.

A.

|

가슴 아픈 이들의 마음을 어루만지고

같이 아파할 수 있는 노래를 부르고 싶다.

나이가 옷을 입는다는 말도 있듯이

내 나이 따라 내 노래도 옷을 입고,

그리 흔하지도 귀하지도 않게

사람들 귓전에 머물기를 바란다.

양희은 〈나이 따라 내 노래도 옷을 입자〉 1976년 3월호

Q.
세월이 흐르며 어떤 모습으로 나이 들어가고 싶나요.

A.

|

편견없는 맑은 눈으로 서로를 바라볼 때,

우리들의 벽은 조금씩 무너져 내릴 것이다.

그리하여 저 푸른 하늘도 보일 것이다.

황주리 〈소문의 벽〉 1986년 7월호

Q.

당신은 편견 없는 맑은 눈으로 타인을 대하나요.

A.

"가족이라면 싫은 소리를 먼저 해야죠."

우리 집 맛의 속내를 잘 아는 그의 지적으로 양념

맛을 바로잡았으니 다행이기도 했지만, 이후로 나는

낯 뜨거운 찬사를 해주시는 손님보다는 싫은 소리를

던지고 가는 이들을 더 소중하게 여기도록 되었다.

그래서 오늘도 나는 장안 제일의 냉면이라고

내놓는 대신, 머리카락 하나도 아까운

내 가족의 식탁에 올리는 마음으로 장만하고 있다.

장진건 〈한 가족의 식탁에 올리듯〉 1986년 4월호

Q.
당신에게도 가족같이 애정 어린 충고를 해주는 사람이 있나요.

A.

한 가족의 식탁에 올리듯

장진건('우래옥' 사장)

언제부터 몸에 밴 숙명 같은 습성일까. 모든 게 아직 어둠 속에 몸을 감춘 새벽 몇시엔가 나는 어김없이 자명종이라도 몸에 단 듯 눈이 떠지곤 한다. 나는 아이들과 아내가 잠이 든 모습을 조금도 건드리지 않으려고 애쓰며 남산을 한 바퀴 휘돌아 온다.

그렇게 땀을 흘리면 비로소 출출한 생각도 들고 목도 어지간히 말라온다. 약간은 달콤하기까지 한 시장기를 거느리고 집 앞에 들어설 때쯤에야 동이 튼 그때쯤이면 주방에서도 육수를 끓이고 사리며 양념을 만드느라 모두들 정신이 없을 때가 된다.

"자 수고들 하시오. 맛이나 한번 봅시다."

나는 짐짓 온 혀에 침을 돋게 하는 시장기를 억누르며 우리집의 간판인 평양냉면을 시식해 본다. 왜냐하면 사람들은 누구나 혀로 맛을 보기 마련인데, 그 혀란 것이 여러 가지 음식맛에 중독된 다음이 아닌 첫 손님을 만났을 때에 가장 솔직한 답을 해주기 때문이다.

나는 그 한번의 입맛으로 밤새 다음날 손님을 기다려 재워둔 양념이며 사리들, 육수에 얼마큼한 정성이 깃들어 있는지 알아차리게 된다. 그것을 통해 나는 짠 것은 누그러뜨리고, 어느 냉면김치를 차려야 할지를 결정하게 되는 것이다.

참, 이왕에 군침 도는 이야기로 서두를 뗐으니, 오늘날 음식이라면 수만 가지를 헤아리는 가운데 유독 보잘것없는 냉면 한가지로 30여 년을 지탱해오는 연유를 밝힐 필요도 있을 것 같다. 우리집은 본시 누대로 상업이 번창한 평양 중심가에서 일품요리를 빚어 왔다. 그러나 막상 해방 공간의 혼란상 속에서 이어받았던 선친은 더 이상 가업의 가치나 절실성을 인정하려 들지 않는 세태를 한탄하며 남쪽으로 발길을 돌려야 했다.

아마도 아버지는 서울에 와서는 다른 일에 손을 대보리라 마음먹었던 모양이었지만 워낙 빈손이었던데다 사람들에게도 배고픔을 해결하는 게 큰 짐이었던 때라 이번에는 고급 요리가 아닌, 냉면을 만들어 팔기로 결정하셨던 모양이다.

아버지는 함께 사선을 넘어온 친구분 둘과 함께 을지로 4가 지금의 수도예식장 부근 모퉁이에 가게를 세내 '서래옥'이라는 냉면집을 냈다. 그 당시 무일푼이셨던 선친은 물론 주방을 책임지기로 했다.

칼바람이 사정없이 후려치는 주방속에서 아버지가 손님들에게 내놓고자 했던 맛은 무엇이었을까. 그것은 다름아닌 고향의 맛이었다. 만주에 가까운 북쪽 지방은 겨울이면 대개 영하 20도를 내려가는 게 예사이다. 그러다 보니 제아무리 김칫독을 땅속 깊이 묻어도 꽁꽁 얼게 마련이다. 긴긴 겨울 우리 고향 사람들은 아직 채 김이 나가지 않은 김치를 꺼내 냉면 사리와 비비곤 했는데 그 맛은 그야말로 일품이었다.

이열치열(以熱治熱)이 아닌 '이한치한(以寒治寒)'의 법칙이었던가. 얼음속에 속속들이 배인 쌉쓸한 맛을 감돌게 함으로써 고향 사람들은 추위쯤은 거뜬히 이기고도 남았다. 아버지는 그날그날 비벼서 먹어치우는 김치 아닌 땅 속에 오래 묻은 김치며, 순살코기에서 우러나오는 육수에 사리를 말므로써 고객들을 사로잡았다.

그러나 이내 전쟁의 상처가 휩쓸어가는 통에 세 친구들이 모인 서래옥은 자취를 감추고 말았다. 천신만고 끝에 목숨을 부지한 아버지는 예전 우리 살림집이었던 지금의 을지로 4가 자리에 상 몇 개를 들여놓고, '우래옥'이라는 간판을 달았다. 이때도 아버지가 내놓은 음식은 '손님의 주문에 빨리 내놓기는 하되 결코 준비가 허술해서는 안되는 것'이었다. 평양냉면의 사리를 그저 밀가루를 잔뜩 버무린 것으로 흔히 대신하는 남들과는 달리 꼭 메밀을 주원료로 몇 번이고 뜨거운 물에 뽑아 내놓았고, 말국을 진하게 하였다. 그러다 보니 자연히 옛 고객들뿐 아니라, 매일 우리집을 안 들르고는 못 배기는 고정 고객이 많이 생기게 되었다.

아버지는 또한 가족과 같은 고객들이 생기고 우래옥 하면 곧 고향 소식과 향취를 맡을 수 있는 곳으로 통하게 되자 작업에도 크게 긍지를 가졌던 것으로 기억된다. 언제고 그저 음식을 먹다 버리는 것으로 생각지 말고, 깊은 나눔의 자리로 생각하라고 말씀하시곤 하였다. 그래서 운명하실 무렵에 이르러서도 교단에 서서 때 안 묻히며 살고 있던 나를 이곳 주방으로 불러내셨던 모양이다.

나는 그런 아버지의 믿음이 결코 부끄럽지 않아 미련없이 냉면을 비비기 시작해 또 다시 20여 년을 보내고 있는 중이다.

다시 제자리로 돌아가 주방에서의 내 자리에 서보자. 글의 모두에 밝힌 대로 새벽 시식의 뒷맛이 개운해야 나로서는 하루 일손이 신명나게 마련이다. 그 순간이 지나고 나면 전 종업원이 한 방에 모여 아침을 들면서 오늘 하루도 한 그릇 한 그릇의 음식에 정성을 다해줄 것을 무언 중에 다짐하는 것이다.

참, 정성이라는 말이 나왔으니 말이지만 음식 맛만큼 사람의 마음을 떠보는 것도 드물다. 제아무리 고급재료를 쓰고 감미를 가했다 하더라도 마음이 떠난 음식은 쓰디쓸 뿐이다. 산데리아가 출렁이는 고급호텔 식당에 앉았다 하더라도 한순간이라도 빨리 자리를 떴으면 하는 자리가 있는가 하면, 식탁은 왼통 빠진 이빨이고 싼 음식 앞에 앉아서도 한 그릇 더 시키고 싶은 마음이 생기는 건 이 때문이다.

그래서 나는 자신을 포함한 우래옥 가족들에게 손님이 돈을 내고 자리를 뜨면 그만인 음식이 아닌, 제 핏줄의 목구멍을 넘길 음식을 다루듯 할 것을 당부하고 있다.

비록 변변한 건물 하나 없이 낡은 목조 건물의 벽 틈으로 바람은 송송 새기도 하지만, 30년을 한결같이 찾아주는 단골이 드물지 않으므로 부러움을 사던 우리집에도 가끔 가시에 찔린 듯한 순간은 있다.

어느날 오랜 단골인 모 씨가 음식을 반쯤 남기더니 '오늘은 오래 사랑을 물고 있는 것 같은데요' 한다.

"아차 시식을 깜박 잊었구나!"

후회해 보았지만 이미 늦었다. 많은 음식을 한꺼번에 내다 보니 자칫 조미료가 많이 들어갔던 모양이다. 나는 혈육 같은 단골이 떨어져 나가는구나 하는 아픔에 진종일 우울하였다. 그러나 다음날, 그 손님은 여전히 그 시간에 우리집 문을 들어섰다.

"가족이라면 싫은 소리를 먼저 해야죠."

우리 집 맛의 속내를 잘 아는 그의 지적으로 양념 맛을 바로잡았으니 다행이기도 했지만, 이후로 나는 낯 뜨거운 찬사를 해주시는 손님보다는 싫은 소리를 던지고 가는 이들을 더 소중하게 여기도록 되었다. 그래서 오늘도 나는 장안 제일의 냉면이라고 내놓는 대신, 머리카락 하나도 아까운 내 가족의 식탁에 올리는 마음으로 장만하고 있다.

009

친절한 말이나 행동은

결코 자신을 낮추는 일이 아니다.

타인들이 나의 친절로 해서 고마운 마음을 느끼고

또 따뜻한 정을 느낄 수 있다면

그것은 자신을 숙이는 일이 아니라

자신을 돋보이게 하는 것이다.

박연숙 〈신뢰 쌓는 따뜻한 정성〉 1988년 10월호

Q.
타인에게 베푼 친절로 내 마음도 따뜻해진 경험이 있나요.

A.

알고 보면 이 세상에 고맙지 않은 존재란 없다.
심지어는 나에게 아픔과 상처를 안겨주는
악역을 맡은 이까지도 내 영혼의 진화를 위해
고마운 존재이다. 그럴진대 매일 집까지 방문하여
내 앞으로 부쳐온 우편물을 전해주는 집배원에게
고마운 마음을 갖지 않는대서야 말이 되겠는가.

임의진 〈마중물이 된 사람〉 2000년 3월호

Q.
집배원이나 택배기사 같은 고마운 이에게
감사를 표한 적이 있나요.

A.

마중물이 된 사람

임의진(목사, 잡지 '참꽃피는 마을' 발행인)

창문 넘어 멀리 빨간 짐칸을 싣고 오는 오토바이가 보이면, 나는 서둘러 예배당 마당까지 나가 우편 배달부를 맞곤 한다. 한창 사람 무리에 섞여 살 나이에 산간벽지 깊디깊은 오지에 묻혀 살다 보니 그렇게 사람이, 사람의 소식이 그립고 간절해지는 모양이다.

우편물을 건네고 돌아서는 집배원에게 차라도 한 잔 들고 가시라 번번이 권했지만 때마다 사양을 하셨다. 그런데 오늘은 배달할 물량이 적은지 "그래도 괜찮겠습니까? 저는 커피를 좋아하는데요" 하면서 토방에 잠깐 앉으셨다.

나는 롤빵 한 조각을 잘라 접시에 놓고 커피 주전자를 꺼내어 새 물을 받아 끓였다. 물이 끓는 동안, 방에 들어가 집배원과 망명객인 시인 사이에 피어난 우정을 다룬 영화 '일 포스티노'의 사운드트랙을 찾아 올려놓았다. 음반을 통해 낭송되는 칠레 시인 '파블로 네루다'의 시가 온 집안에 은은히 퍼지고 있었다. 내가 집배원에게 드릴 수 있는, 나로서는 최대의 감사 표시로 그리 한 일이었다. 빵을 곁들여 후후 불어가면서 맛있게 커피를 다 마신 집배원은 다시 장갑을 끼고 털목도리를 감고 오토바이에 올랐다.

입춘이 지났으나 시샘 바람이 몹시 차가운 한낮의 일이었다. 알고 보면 이 세상에 고맙지 않은 존재란 없다. 심지어는 나에게 아픔과 상처를 안겨주는 악역을 맡은 이까지도 내 영혼의 진화를 위해 고마운 존재이다. 그럴진대 매일 집까지 방문하여 내 앞으로 부쳐온 우편물을 전해주는 집배원에게 고마운 마음을 갖지 않는대서야 말이 되겠는가.

아무리 직업이라 하나 고마운 일은 고마운 일이다. 힘들고 어려운 수고를 통하여 우리네 삶을 돕고 삶을 풍요롭게 가꿔주는 은인(恩人)이 어찌 집배원뿐이랴. 재작년 나는 '마중물이 된 사람'이라는 제목의 시 한편을 쓴 일이 있었다. 가난한 민중들과 동고동락을 같이 하다가 끝내는 그들을 위해 목숨까지 내어준 예수, 그분의 고난을 기리는 사순절 동안에 님의 고마우신 삶을 묵상하면서 이 시를 쓰게 되었다.

우리 어릴 적
펌프질로 물길어 먹을 때
'마중물'이라고 있었다
한 바가지 먼저 윗구멍에 붓고
부지런히 뿜어 대면
그 물이
땅 속 깊이 마중 나가 큰 물을
데몰고 왔다
마중물을 넣고 얼마간 뿜다 보면
낭창하게 손에 느껴지는
물의 무게가 오졌다
누군가 먼저 슬픔의 마중물이 되어준 사랑이
우리들 곁에 있다
누군가 먼저
슬픔의 무저갱으로 제 몸을 던져

모두를 구원한 사람이 있다

그가 먼저

굵은 눈물을 하염없이 흘렸기에

그가 먼저

감당할 수 없는 현실을 꿋꿋이

견뎠기에

_나의 시 '마중물이 된 사람'

그대의 아련한 기억 속에도 작두샘이 있을 것이다. 그리고 작두샘에 마중물 한 바가지 붓던 기억도…. 마중물, 이것은 오늘 이 시대 가난한 이들의 곁으로 다가가 그들의 위로와 용기가 된 작은 예수들에게 드리고 싶은 이름이다. 뿐만 아니라 슬픔, 아픔, 수고를 대신 짊어지고 살아가는 낮은 자리의 낮은 사람들, 그들 모두를 일컬어 마중물이라 부르고 싶다.

011

사람은 이웃들로부터 무엇인가를 얻어가지고 사는

것이 아니라, 고귀한 것을 줄 수 있어서

값있는 삶을 사는 법인데, 아직도 나는 받기를 원할 뿐

주면서 사는 일에 너무 인색하지 않았을까.

김형석 〈그 여름의 성탄카드〉 1989년 7월호

Q.
받는 기쁨보다 주는 기쁨이 더 많아지면 당신의 일상은
얼마나 더 풍요로워질 것 같나요.

A.

|

살아가면서 누군가를 미워하게 될 때

그를 '용서해야 할 이유'보다는

'용서하지 못할 이유'를 먼저 찾는다.

또 누군가를 비난하면서 그를 '좋아해야 할 이유'보다는

'좋아하지 못할 이유'를 먼저 찾고,

마음의 문을 꽁꽁 닫아걸고는

누군가를 '사랑해야 할 이유'보다는

'사랑하지 못할 이유'를 먼저 찾지는 않았는지.

장영희 〈못 줄 이유〉 2000년 3월호

Q.

아직 용서하지 못한 그 사람을 용서해야 할 이유는 무엇일까요.

A.

013

친구라고 하는 관계는 환경의 우연, 성격의 우연,

능력의 우연 등이 복합적으로 이룩해 놓은,

또는 지탱되는 현상이다. 그리고 그 현상에 따른

결과도 곤란할 때의 조력, 기쁠 때의 동락(同樂),

어떤 동일한 목적을 위한 협동 등으로 나타난다.

그러나 인간을 끊임없이 성장해야 하는

당위(當爲)로서 파악할 때 친구는 라이벌로서의 친구가

가장 반갑고 갸륵하다고 할 수 있다.

이병주 〈라이벌로서의 친구〉 1970년 6월호

Q.
더 나은 내가 되도록 긍정적인 영향을 주는 친구가 곁에 있나요.

A.

나무와 꽃을 가꿀 줄 아는 이 동네에는 햇볕이 유난히
따뜻한 것 같았다. 베란다 틈새로 화분이 내보이는 집,
그런 집의 화분은 바로 숨쉴 수 있는 여유이며
어느 곳에서나 닻을 내리려는 마음의 표현이라고
생각하는 것이다.

오생근 〈닻을 내리려는 마음〉 1976년 10월호

Q.
지금 사는 곳은 어떤 이웃들이 사는 동네인가요.

A.

|

015

누군가를 만날 때면

그것이 마지막 만남이 될 수도 있다는 생각을 한다.

내가 지상에서 마지막으로 보여준 얼굴,

또는 내가 지상에서 마지막으로 본 그의 얼굴이

어떤 것이어야 하는지 알 것 같기 때문이다.

또한 세상에는 내가 감히 알지 못하는 진실들이 존재하며,

그 앞에서 한없이 겸손해져야만 한다는 것을 느낀다.

한강 〈지상에서 가장 부끄러운 고백〉 1999년 12월호

Q.
먼 훗날 생의 마지막 순간에 나는 어떤 얼굴이길 바라나요.

A.

나는 앞으로도 또 무엇을 떠나보내고 또 무엇에
버림당할지 모르나 떠남은 만남의 시작인 것.
다만 그 만남을 어떻게 건강하게 가꾸어나갈 것인가를
염려하리라. 그대 떠난 빈자리는 그대가 남기고 간
더 많은 것으로 채워지리라.

김인숙 〈환상 속의 왕자님을 떠나보내고〉 1986년 11월호

Q.
살면서 겪은 수많은 이별이 당신의 맘속에 남긴 것은 무엇인가요.

A.

017

세상일이란 모두가 마음의 메아리다.

미운 마음으로 보내면 미운 마음으로써 응답이 오고,

어진 마음으로 치면 어진 마음으로 울려온다.

마지못해 건성으로 건네주면 또한

저쪽에서도 마지못해 건성으로 되돌아온다.

법정 〈마음의 메아리〉 1983년 6월호

Q.
내가 먼저 미움을 걷어내면 그 사람이 나를 보는 눈빛도
한결 부드러워질까요.

A.

마음의 메아리

법정(스님)

봄의 꽃자리에 연두빛 신록이 싱그럽게 펼쳐지고 있는 요즘, 남도(南道)의 절들에서는 차 따기가 한창이다. 옛 문헌에는 곡우(穀雨)를 전후하여 따는 차가 가장 상품이라고 했는데, 이 산에서는 그 무렵이면 좀 빠르고 입하(立夏) 무렵에 첫 차를 따는 것이 가장 알맞다.

이곳 선원(禪院)에서도 엊그제 한차례 따다가 볶았고, 오늘 대중들이 나가 또 한차례 따왔다. 예년 같으면 나도 아랫마을 사람들을 몇 데리고 따로 차를 땄을 텐데, 올봄에는 하는 일이 많아 짬이 없을뿐더러 이제는 대중 속에 섞여 살게 되었으니 나누어 주는 한몫으로 족할 수밖에 없다.

차잎이 펼쳐지는 걸 보면 하루가 다르다. 그래서 바쁜 일에 쫓기다 보면 하루 이틀 사이에 적기(適期)를 놓치고 말 때가 더러 있다. 몇해 전까지만 해도 우리 고유의 녹차(綠茶)에는 별로 관심들이 없어 절에서도 극히 소수의 스님들만 즐겨 마셨다. 그러나 요즘에 와서는 차에 대한 인식이 새로워 안 마시는 사람이 거의 없을 정도다. 특히 선원에서는 졸음을 쫓고 맑은 정신으로 정진하기 위해서라도 많이 마시고 있다. 물론 기호식품이란 굳이 약리적인 효과를 노리고 즐기는 것은 아니다. 차의 향기와 맛과 빛깔을 음미하고 그릇을 만지는 그 일 자체가 삶의 여백처럼 은은해서 즐거운 것이다.

요즘 우리 고유의 전통차에 대한 관심의 바람을 타고, 경향 각지에서 차의 붐이 일고 있는 것은 다행한 일이다. 하지만 때로는 일없는 사람들이 너무 극성들을 떠는 바람에 담박하고 순수한 차맛에 어떤 흠이 가지 않을까 싶다. 차 좀 마시는데 뭐 그리 절차가 까다롭고 복잡한지, 차와 그릇은 진즉 구해 놓고도 마실 엄두를 못내고 있다는 말을 더러 듣는다. 누구나 마시다 보면 자기 나름의 요령이 생기게 마련이다. 밥 먹는 법 따로 배우지 않더라도 밥 먹을 줄 알고, 술 마시는 법에 대해서 강의같은 것 듣지 않더라도 술만 잘들 마시던데 뭐. 그러니 먼저 마셔보았다고 해서 제발 극성들 떨지 말아달라는 소리다.

큰절에는 문이 없듯이, 다도(茶道)에도 또한 문이 있을 수 없다. 배고픈 사람 밥을 먹듯이, 차를 마시고 싶으면 조용히 마실 뿐이다. 차를 따거나 그걸 볶을 때면, 자칫 차도둑이 될 뻔했던 기억이 문득 되살아난다.

몇해 전 차 딸 무렵에 있었던 일이다. 해마다 송광사에서는 한국 불교를 중흥시키고 이 도량(道場)을 새롭게 일으킨 보조국사 지눌(知訥) 스님(1158~1210)의 추모재(齋)를 지낸다. 스님의 재일인 음력 3월 26일을 기해 사흘 동안 큰 법회가 열리기 때문에 전국에서 많은 스님과 신도들이 모여든다. 따라서 산중은 전에 없이 붐비고, 이 절에서 사는 스님들은 일 년 중에서도 가장 바쁘고 바쁘게 움직여야 한다.

그런 북새통에 무엇을 가질러 불일암에 올라갔더니 굴뚝에서 때아닌 연기가 피어 올랐다. 웬일인가 싶어 부엌에 들어가 보았었다. 낯이 익은 노(老) 여승이 할머니 한분을 데리고 차를 따다가 볶고 있는 참이었다. 일손이 바빠 큰절이고 암자고 우리는 아직 차를 따지 않고 있는데, 아무 말도 없이 객(客)이 와서 먼저 차를 따가는 걸 보니 속으로 괘씸한 생각이 들었다. 아무개하면 알만한 사람은 다 알 정도로 주책이 없는 사람을 보고 탓할 수도 없어, 다 볶으면 차 좀 주고 가라고 했더니 한 마디로 못주겠다고 거절이었다.

'남의 차밭에서 주인이 손도 안댄 차를 따다가, 남의 솥에 나무까지 들여 볶으면서도 못주겠다니 심히 고이씸한지고. 어디 못주고 가는가 한번 보자'고 나는 속으로 별렀다. 차를 다 볶고나자 그는 신문지에 싸서 가져 가려고 했다. 차의 섬세한 성품을 아는 처지에 그대로 두고 볼 수가 없었다. 사람보다도 차를 위해서였다. 차통을 몇개 꺼내주면서 거기에 담아가라고 했다. 마루에 볶은 차를 식히느라 널어놓은 채 우물가로 손을 씻으러 간 것을 보고, 기회는 이때다 싶어 나는 서둘러 반통쯤 차를 담아 슬쩍했다.

그래놓고 가만히 생각해보니, 나는 이 차를 마실 때마다 갈데없는 '차도둑'이 될 판이었다. 왠지 개운치가 않았다. 이슬방울처럼 맺힌 다이아 목걸이도 아닌 맑은 차를 가지고 좀도둑이 될 수야 없지 않은가. 슬쩍 챙겼던 차를 다시 비워버렸다. 개운한 마음이었다.

노 비구니는 우물에서 올라오자 무슨 생각에서였는지 차

통을 하나 내놓으라는 것이었다. 아까는 못주겠다고 일언지하(一言之下)에 거절을 하더니 차를 주겠다고 차통을 내놓으라는 것이다. 내놓은 차통에 그는 하나 가득 담아 내몫으로 내놓고 큰절로 내려갔다.

나는 그때 이심전심(以心傳心)의 오묘한 이치를 전존재로써 느낄 수가 있었다. 만약 반통쯤 담은 그 차를 슬쩍하고 말았더라면 그의 닫힌 마음을 끝내 열게 하지 못했을 것이다. 다시 비워버린 바람에 그의 마음이 열린 것이다.

사람의 마음이란 이렇듯 메아리와 같은 것. 눈으로는 볼 수 없지만 마음과 마음끼리는 서로 보내고 받아들여 메아리치는 것이다. 반쯤 담았던 것을 비우고 나니 가득 채워서 주는 이 응답. 두고두고 차도둑이 될 뻔하다가 한 생각 돌이키니 이처럼 떳떳하게 선물로써 받게 된 것이다.

어디 이런 차뿐이겠는가. 세상일이란 모두가 마음과 마음끼리 주고 받는 메아리다. 미운 마음으로 보내면 미운 마음으로써 응답이 오고, 어진 마음으로 치면 어진 마음으로 울려온다. 마지못해 건성으로 건네주면 또한 저쪽에서도 마지못해 건성으로 되돌아온다. 크게 소리치면 크게 울려오고, 작게 소리치면 작게 울려오는 것이 또한 메아리의 성질이다.

눈에 보이고 손으로 만져지는 것은 지극히 작은 한 모서리에 지나지 않는다. 마음의 세계야말로 털끝만치도 어김이 없는 질서다. 눈을 가릴 수도 속일 수도 있다. 저마다 다른 눈을 가지고 있기 때문에. 그러나 마음은 절대로 가릴 수도 속일 수도 없다. 마음은 하나이기 때문이다. 마음은 부분이 아니라 전체다.

그 스님이 주고 간 차를 마실 때마다 혀 끝에 닿는 맛은 별로 없었지만, 마음의 실상을 음미하는 그런 계기가 되었다. 사람끼리 주고 받는 일의 뒤뜰을 넘어다보는 것 같은 그런 느낌이었다.

재윤이네와 욱이네한테 햇차가 나오면 보내주기로 했는데, 올해는 일이 바빠 하는 수 없이 부도를 내게 되었다. 차를 만질 여가가 없어 거짓말쟁이가 되고 말았다. 미안하다.

018

나는 결국 자신을 행복케 하기 위해선

우선 남을 행복케 할 필요가 있다는 사실을

깨닫지 않을 수 없었다.

행복이란 전염하는 것이다.

남을 돕고 사랑함으로써

나의 고민과 슬픔과 자기 연민은

극복될 수 있는 것이다.

윌리암 T 무운 〈행복은 전염하는 것〉 1970년 10월호

Q.
오늘 하루, 다른 사람을 몇 번 웃게 했나요.

A.

차(茶)라는 글자를 보면 풀(草)과 나무(木) 중간에

사람이 있는 형상이다.

풀은 부드러움이고 나무는 강한 것이다.

자기 자신한테는 강직하고 상대방에게는 사랑을

베풀라는 외유내강(外柔內剛)의 의미를

한 글자 차(茶) 속에서 읽게 된다.

현장 스님 〈한잔의 차를 마시며〉 1993년 2월호

Q.
상대방에게만 엄격하고 자기 자신에게는 한없이
너그럽지는 않나요.

A.

|

020

인생이란 것이 마치 상을 차리는 것처럼
텅 빈 상 위에 정성스럽게 만든 음식 접시들을
하나둘 올리는 것이 아닐까 하는 생각을 한다.
무엇보다 내 밥상에 풍족한 것이 남의 상에 부족하다면
선뜻 덜어서 나눠줄 줄 아는 세상이 되었으면 좋겠다.

이정섭 〈종가집의 호박잎쌈〉 1996년 7월호

Q.
소중한 사람과 기꺼이 나눠 먹고 싶은 음식은 무엇인가요.

A.

아이들 학교로 우산을 들고 갈 일이 있을 때엔
하나라도 우산을 더 챙겨서 갑니다. 우산이 없어
비를 맞는 것이 불행한 일이라고 생각하는 아이를
하나라도 줄이고 싶어서. 우산을 들고
아이를 마중가지 못하는 것을 안타까워할
일하는 엄마를 한사람이라도 줄이고 싶어서.

김미라 〈우산 세 개〉 2007년 7월호

Q.
비오는 날, 누군가에게 우산을 씌워준 적이 있나요.

A.

|

타인에게 스민 비극의 냄새를 빠르게 맡는 후각보다
다른 이의 기쁨과 행복을 수신하는 청각과 촉각을
보다 예리하게 다듬고 싶다.
세상을 떠난 예술가의 부고 기사를 잘 쓰는 기자보다
동시대에 살아있는 배우의 성취를 아낌없이 축하하고
빈틈없이 기록하는 연구자가 되고 싶다.

백은하 〈불행을 버티게 해줄 아름다운 인사〉 2022년 3월호

Q.
질투나 시샘 없이 타인의 기쁨을 진심으로 축하하며 살고 있나요.

A.

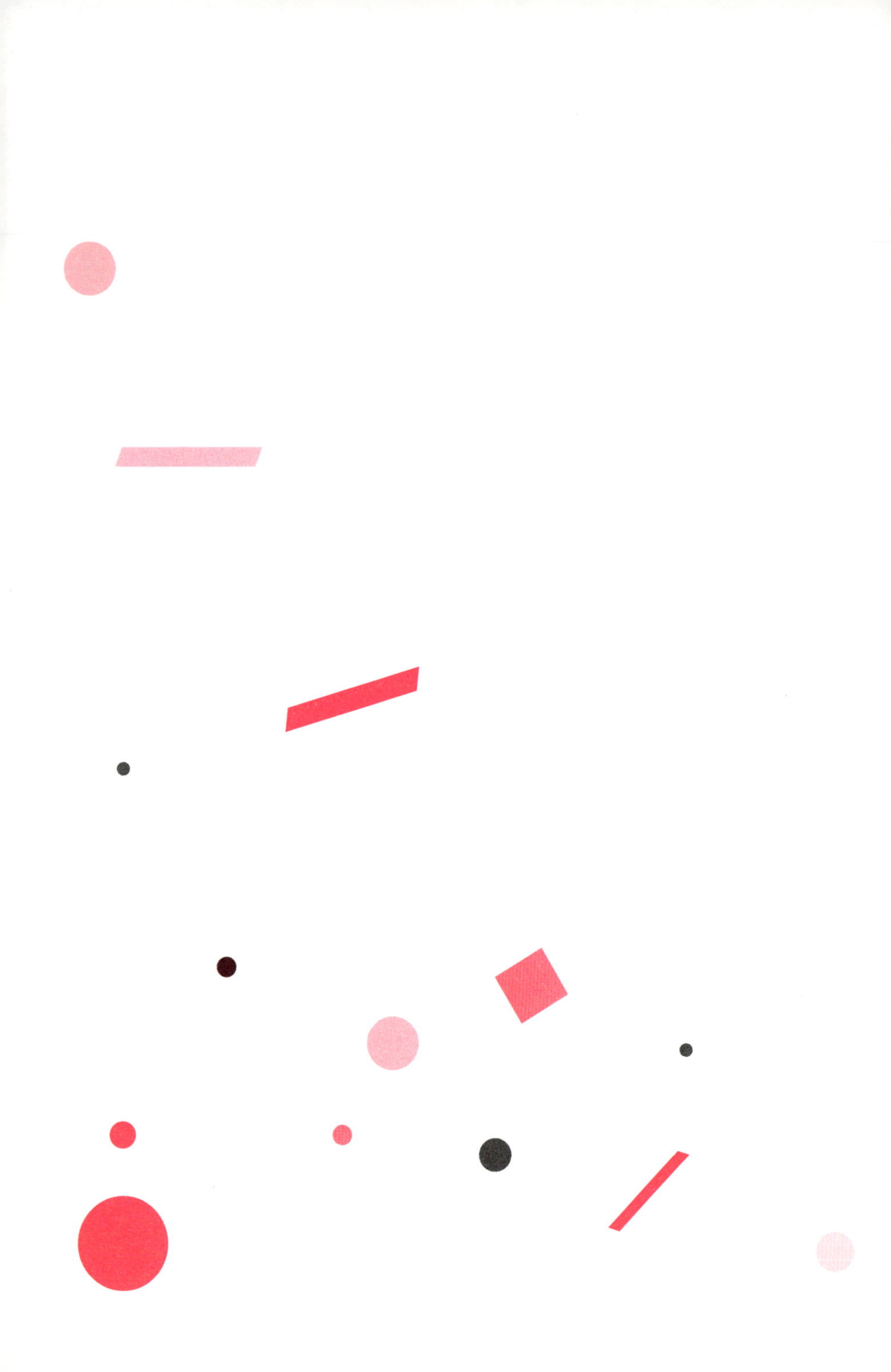

행복을 밝히는 마음의 등불

023

아직도 새벽 한 시 경이면 기침이 나오는데

전보다는 많이 가벼워졌어요.

기침이 나오면 자다가도 깨어서 앉아야 하는데,

그때는 낮에 참선하고 경전을 읽는 시간보다

정신이 아주 맑고 투명해집니다.

한밤중 시냇물 소리에 귀를 기울이고 있으면

맑고 투명한 이 자리가 바로 정토(淨土)요 별천지구나 싶어

고맙다는 생각도 듭니다.

이렇게 행복의 기준은 밖에 있는 게 아니라

내 안에 있습니다.

법정 〈샘터 창간 33주년 기념 대담〉 2003년 6월호

Q.
내면의 소리에 귀 기울이게 되는 당신의 정토는 어디인가요.

A.

새해는 명경지수(明鏡止水)처럼 맑은 마음으로

맞아야 할 손님이다. 샛하얀 동정을 단 저고리에

진솔 버선을 꺼내 신고 문 앞에 서야 한다.

첫날 동트기 전 어둑새벽에 흔연히 들어선

먼 길의 손님처럼 그렇게 귀하고

조심스런 아침을 기다리는 것이다.

김후란 〈넓고 밝은 가슴으로〉 1971년 1월호

Q.
새해를 어떤 마음가짐으로 맞이했나요.

A.

025

내게 있어 딸은 내가 떠나보낸 나의 젊음이었다.

세상을 향해 열어 놓은 가장 밝은 빛의 창이었다.

홍윤숙 〈빛 밝던 창〉 1977년 5월호

Q.
부모님에게 당신은 어떤 존재일지 헤아려본 적 있나요.

A.

빛 밝던 창

홍윤숙(시인)

"엄마, 엄마, 엄마!" 부를 땐 으레 세 번쯤 차례로 옥타브를 높여 부르고, 울적하여 구름낀 하늘처럼 푸르팅해 앉아 있으면 "홍윤숙 씨, 당신, 엄마, 왜그래, 응?" 어쩌구 너스레를 떨며 목을 싸안고, 주머니가 비면 강아지 콧소리 같은 킁킁 소리를 먼저 전주곡으로 울리고, 삐치면 사나운 바람처럼 쿵쾅거리는 딸, 엄마에게 있어 딸의 의미는 무엇일까. 빛깔로 치면 단색이 아닌 오색의 영롱한 무지개 빛깔이고 냄새로 치면 토끼풀 꽃내음 같은 풀향기일까.

딸을 떠나 보내고 돌아온 집, 그 집이 왜 그리 남의 집처럼 썰렁하고 서먹하던지 기둥만 남고 지붕이 날아가버린 집처럼 앉을 곳이 없었다. 어디를 향해 서도 뻥 뚫린 구멍처럼 휑하니 비어 있었다. 딸을 시집보내는 마음, 그것은 한 마디로 섭섭함일 게다. 아무리 혼기를 놓쳐 과년한 딸을 두고 노심초사하던 어머니라도 일단 보낸다는 사실 앞에는 섭섭함이 우선할 것이다.

딸을 보내는 엄마의 섭섭한 마음, 그 본심은 무엇일까. 생각하면 아들이나 딸이나 품안에 있을 때 뿐이고 품밖에 난 다음엔 섭섭하기론 마찬가지이련만 유독 딸을 두고 더 섭섭해 함은 무엇일까? 죽도록 키워서 남의 식구 만든다는 야박한 계산에서 연유하는 것일까, 아니면 시집보내는 것으로 끝나는 것이 아니라 오히려 그날부터 또 다른 성질의 걱정거리를 짊어지는 평생의 멍에라는 책임 때문에 그리 섭섭한 것일까. 어쩌면 그런 이기적인 심사들이 딸을 섭섭히 여기는 마음 한구석에 없는 것은 아니다. 그러나 그 어느 것도 정작 딸을 시집보내는 섭섭함의 본심은 아니다.

딸을 보내는 엄마의 마음은 자기 자신에게 가장 밀접되어 있던 생활의 한 부분을 떼어 보내는 아픔이며 상실감이다. 사실 엄마에게 있어 딸처럼 가까운 친구가 또 있을까. 딸은 말벗이며 의논상대이며 조건 없는 자기 편이다. 나아가 자신의 꿈의 보루(保壘)이며 자신의 젊음의 상징이다. 딸을 통해 거울처럼 자신을 회상하고 부러진 날개로 비상을 꿈꾸기도 한다. 딸은 엄마에게 있어 자신이 못다 그린 그림의 완성인 것이다. 그런데, 그렇던 딸이 시집을 가야 한다. 바로 내가 못다 그린 그림의 완성을 위해 결혼이란 마지막 코오스로 진입(進入)해야 한다. 그것은 곧 자신의 행복의 완성을 위한 출발이고 약속이다. 때문에 딸을 시집보내는 엄마는 울면서도 웃는 것이다.

그렇게 수삭(數朔)을 두고 법석대던 딸이 어느 날 훌쩍 새처럼 날아가 버렸다. 집은 갑자기 빛을 잃었고 그늘이 진 듯 잠잠해졌다. 오색의 알록달록한 무지개빛이 잿빛 컴컴한 무채색으로 바뀌어지고 구석구석 째릉거리던 고음의 목소리도 씻은 듯 사라졌다. 언제나 나를 향해 해바라기처럼 돌며 따라오던 웃음도 장난치던 소리도 떼쓰던 심술도 디·엔드로 끝나버린 화면처럼 까맣게 사라지고 만 것이다.

아마도 딸은 떠나면서 내가 그 속에 묻혀 살던 모든 빛깔, 모든 소리, 살아서 생동하던 모든 것들을 죄다 쓸어가지고 가버렸나 보다. 그래서 나는 갑자기 캄캄해지고 반벙어리가

되고 방향감각을 잃어버린 채 한 겨울을 얼음 속에 죽은 듯
이 누워있어야 했다. 그리고 전신에서 찢겨져 나간 내 가장
싱싱하던 생살의 몇 부분을 날아가 버린 그 애의 날개 쭉지
에서 찾아 헤매야 했다.

　내게 있어 딸은 내가 마지막 떠나보낸 나의 젊음이었다.
세상을 향해 열어 놓은 가장 밝은 빛의 창이었다. 그들은 떠
나면서 그 빛 밝던 창문을 닫아버린 것이다.

|

026

나는 자신을 알려고 정신적 육체적으로 여러모로

고민을 하면서 살아간다. 그래서 나는 늘 바쁜 중에도

산책을 좋아한다. 어느 길에서 조그마한 돌을 주워서

요모조모 살펴보면, 딱딱한 석질(石質)이 느껴진다.

내 또한 책상 위에 활짝 핀 꽃 한 송이에서

아름다움을 느낀다.

그러다가 문득 나는 내 인간 본질이

말 없는 한 개의 돌멩이와 한 송이 꽃에 비해

부끄러움이 없는가 물어보는 것이

'나'라고 생각하는 것이다.

김기승 〈나〉 1970년 7월호

Q.

작은 꽃 한 송이처럼 당신은 겸손할 줄 아는 사람인가요.

A.

027

|

쭉정이란 그것이 아무리 고급해 보여도

알맹이는 아니다.

알맹이가 아닌 인생에서 가장 불행한 사람은

자기 자신일 뿐이다.

남의 인생은 혜택받은 것 같아 보이고,

내 인생은 억울해서 뭔가 좀 나은 게

얻어 걸리지 않을까.

환상을 쫓는 동안 유휴 부분들은 녹이 슨다.

송정숙 〈찰진 인절미처럼〉 1977년 4월호

Q.
하루가 텅 빈 것처럼 느껴질 때 스스로를 위로하는
방법은 무엇인가요.

A.

|

028

피아노는 기계가 복잡하여 고장도 여러 가지이다.

사실 나는 어떤 곳에서 피아노를 대하더라도

'100% 만점의 피아노 조율은 없다. 다만 여지껏

조율해 온 몇 만대의 피아노보다 더 정성을 들여

최선을 다하는 것 뿐이다' 다짐하면서 조율을 한다.

이보정 〈조율에서 얻은 인생〉 1986년 4월호

Q.
매일 어떤 마음가짐으로 하루의 일을 시작하나요.

A.

이 세상은 그냥 그대로 낙원일 수가 있다.

그렇지만 세상의 주인공들인 인간이

스스로 그 마음속에 잔약한 독소들을 끊임없이 씻어내어

봄볕처럼 따스한 빛과 열을 발할 수 있게 되지 않는 한,

그대로 낙원이 될 수는 없는 것이다.

이기영 〈자비의 태양은 빛나고〉 1987년 5월호

Q.
당신이 생각하는 낙원의 첫 번째 조건은 무엇인가요.

A.

|

030

내 주름살을 하나하나 쓸어보며 나는 생각에 잠긴다.

고생의 흔적이라곤 하지만 그래도 이 주름살 덕분에

나는 남의 원성 듣지 않고 또 빚지지 않고 살아왔으며

내가 마음 먹고 있었던 꿈도 이루지 않았던가.

그러니 바로 이게 '내 훈장이로구나' 대견스레

여기지 않을 수 없다.

나혜국 〈사람 기르는 게 독립운동〉 1987년 3월호

Q.
당신에게도 몸에 훈장처럼 남은 고생의 흔적이 있나요.

A.

어린이의 활짝 핀 웃음, 나뭇잎 사이로 반짝이는 햇살,

내 이웃과 함께 흘리는 눈물.

이런 것이 우리를 조직 속의 부품이 아니고

살아 느끼고 생각하는 인간으로 지켜주는 것이며

우리가 살아 있다는 증거가 되는 것이다.

이인호 〈살아있다는 증거〉 1985년 2월호

Q.
나 자신이 진정으로 살아있다는 생동감이 드는 순간은
언제인가요.

A.

겨울을 따뜻하게 살리라.

이것은 가난한 대로 나의 삶의 모토.

행복이 남들이 만들어주는 것이 아니요,

밖으로부터 오는 것도 아니듯이

따뜻한 겨울 또한 남들이 만들어주는 것이 아니요,

밖으로부터 오는 것이 아닌 것을

나는 오늘 또다시 믿는다.

나태주 〈세한(歲寒)〉 1989년 12월호

Q.
추운 겨울을 따뜻하게 보내는 당신의 방법은 무엇인가요?

A.

|

좁은 방보다는 좁은 마음을 걱정해야 하며, 초라한

가구보다는 빈사 상태에 빠진 내 영혼을 걱정해야지.

정병조 〈육체보다 영혼을〉 1986년 1월호

Q.
머릿속 여러 고민들 중 지금 꼭 필요한 걱정은 무엇인가요.

A.

육체보다 영혼을

정병조(동국대 교수)

인도는 참 이해하기 힘든 나라이다. 빈부가 공존한다는 어줍잖은 관념으로는 설명할 수 없는 그 어떤 외경(畏敬)이 느껴지는 곳. 우리가 문명의 이기(利器)라고 부르는 것들과는 도무지 무관한 현대 속의 고대이다. 옛날 우리의 모습이 그랬음직한 정경들이 발 밑에 펼쳐진다.

전화보다는 우편이 빠르고, 편지보다는 직접 뛰어가는 것이 정확하다. 신형 승용차와 성우(聖牛)가 함께 어울리며, 고도의 과학적 사고(思考)와 신화적 사유가 공존한다. 나는 그 기묘한 조화를 몸에 익히는 데 무던히 오랜 세월을 견뎌야

했다. 그러나 아직도 그들을 이해한다고는 생각하지 않는다. 이것은 '문화의 충격'이라는 이질감 때문만은 아니다. 오히려 그런 불평등을 의연하게 내세우는 인도인의 기질 자체에 거부감과 두려움을 느끼게 되기 때문이다.

뉴델리의 중심가를 '코넛트 플레이스'라고 한다. 영국인의 이름이 버젓이 행세하는 것도 퍽 재미있다. 하긴 그들의 박물관에는 예외 없이 영국 통치자들의 동상이나 초상이 소중히 전시되고 있다. 과거는 '사실'이며, 지울 수 없는 상흔(傷痕)이기 때문이라는 것이 그들의 변(辨)이다.

중심가는 늘 북적대고 있다. 세발 달린 스쿠터, 인력거 릭샤, 그 사이를 사람들은 곡예하듯 빠져 나간다. 중앙선은 있으나마나고, 횡단보도를 건너는 사람은 물론 없다. 처음에는 짜증도 나고, 골치도 아팠지만 한참 지나다 보면 그 혼돈 속에 묘한 질서가 있다는 것이 느껴진다. 즉 절대 서두르지 않는 것이다. 그래서 그런지 오히려 대형 사고는 없다. 사람들은 느긋하게 거리를 오가고 소들은 어슬렁거린다. 그렇다고 해서 게으름을 피우는 것은 아니다. 작은 수리에서부터 큰 공사에 이르기까지 참 꼼꼼하게 일을 한다. 다만 더딜 뿐이다. 그래서 인도에 살면 하루에 일은 한 가지밖에 못 한다. 이곳 시간의 단위는 우리의 두 배 몫을 하기 때문이다. 택시 타고 가는 시간도 두 배, 서류 떼는 데도 두 배가 넘게 걸린다.

처음에 나는 경제적으로 빈한한 인도인들을 다소간 경멸했었다. 네루 대학에 가서 첫 월급을 받아 보니 2천 루피(약 14만 원)였다. 나는 속으로 서울에 있는 우리 학교 월급을 생각해 보면서 쾌재를 불렀다. 은근히 동료 교수들이 내 한국에서의 월급을 물어 주기를 기대했었다. 그러나 그들은 나의 우월감을 만족시켜주지 않았다. '그래, 돈 많이 받는구려' 이 정도의 반응뿐이다. 차차 그네들의 생활에 동화되면서 왜 그랬을까 하는 나의 의문은 풀리기 시작했다. 그들은 몸이 가난한 것보다는 머리가 빈 것을 더 불쌍히 여기고 있었다. 더구나 삶 자체를 영속적인 것으로 체득(體得)하고 있었다. 덧없는 윤회의 수레바퀴 속을 맴도는 초'순간'으로 현세를 이해하는 자세가 역력하였다.

그것을 인도의 개성이라고 불러도 좋을지 모르겠다. 아니면 긍지라고나 할까. 그네들은 일상의 관습에서부터 생활패턴에 이르기까지 철저히 인도적(印度的)이었다. 어디를 가도 청바지 입은 인도 여인은 없다. 죽어라고 사리를 입고 다닌다. 가정의 연료도 아직 대부분은 소똥을 말려서 쓴다. 재벌

이건, 국무총리건 국산 승용차만 탄다. 사회 분위기가 그렇게 만들고 있는 것이다.

인디라 간디가 피격되기 전, 나는 그의 공관 리셉션에 참석한 적이 있다. 7억 인구의 총수, 그 여걸의 집이 따즈마할처럼 으리으리하리라던 나의 기대는 무참히 깨어지고 말았다. 집무실은 불과 예닐곱평 될까 말까, 초라한 책상 곁에 5인용 소파가 한 세트, 바닥의 양탄자도 카슈미르산은 아닌 듯하였다. 공관을 나서며 나는 많은 반성을 하였다. '그래, 방이 좁다고 내 위신이 깎이는 것은 아니지. 좁은 방보다는 좁은 마음을 걱정해야 하며, 초라한 가구보다는 빈사 상태에 빠진 내 영혼을 걱정해야지.'

034

우리에게 중요한 것은 지금 현재의 순간에

항상 머물러 있는 일이다.

밥을 먹을 때는 천천히 먹으면서

밥을 먹는 그 자체에 머물러 있을 것이며,

음악을 들을 때에는 '소리의 소리' 그 자체에

머물러 있을 일이다.

지금 내가 보는 이 순간의 순간에 오롯이

머물 수만 있다면 우리의 일상은 찬란한 감동과

환희의 불꽃놀이처럼 놀라운 기적으로

변화할 수 있을 것이다.

최인호 〈보이지 않는 적〉 1989년 1월호

Q.
지금 주위를 찬찬히 둘러보세요.
무엇이 보이고, 어떤 소리가 들리나요.

A.

사람은 생각할 줄 알고 상상력이 있어서

덫을 놓아 사자를 잡을 수 있으나,

그 생각과 상상력 때문에 훨씬 더 불행해지기도 한다.

당장 필요한 것만 가지려 하는 것이 아니라

미래에 필요하리라 상상되는 것까지

미리 장만하려고 하기 때문에 욕망이 한없이 커지고

그 한없이 커진 욕망을 채우기 위해서

한없이 노력해야 한다.

손봉호 〈어려운 길을 택할 때〉 1987년 7월호

Q.
앞선 욕심으로 인해 현재의 일을 그르친 적은 없나요.

A.

|

036

케냐를 떠나기 전날, 참 안타깝기도 하고 안쓰러운

마음을 갖고 한 원주민과 대화를 나누었다. 나는 그의

한마디 대답에서 이 나라 미래에 대한 해답을 얻었다.

"우린 급하지 않게 천천히, 하지만 완전하게 독립할

겁니다."

"액자도 비뚤게 걸고, 직사각형 틀도 제대로 못 짜면서

말이오?"

"똑바로 걸고 비뚤게 사는 사람들보다 비뚤게 액자가

걸렸어도 똑바로 보고 사는 우리가 훨씬 낫습니다."

유럽에서 못 듣고 아프리카 케냐에서 들은

가장 훌륭한 말이었다.

손석희 〈삐뚤어져 있어도 바로 본다〉 1987년 7월호

Q.
당신은 진실을 보려는 삶의 태도를 지녔나요.

A.

풍족을 자랑하고, 지식을 교만(驕慢)하고,

권력을 자세(姿勢)하는 어리석은 마음에

멋은 약에 쓰려 해도 없다.

멋이 깃드는 자리는 늘 어질고

착하고 아름다운 마음인 것이다.

성경린 〈그윽한 암향의 세계〉 1970년 12월호

Q.
주변에서 가장 멋있어 보이는 사람은 누구인가요.
그 멋의 비결은 무엇이라 생각하나요.

A.

|

038

미소란 고의적으로 꾸밀 수 없는 것이며,

빙산과 같이 물 속에 잠긴 소부분만이

겉으로 나오는 것이다. 어떤 형태이건 간에

자신의 인생의 일부를 그대로 반영한다.

오현주 〈게리 쿠퍼의 얼굴〉 1970년 11월호

Q.

당신은 어떤 순간에 저절로 미소가 지어지나요.

A.

어떤 사람이 자신이 행복함을 모르고,

행복을 찾아 몇천 리를 다니다가 빈 몸으로

자기 집 마루에 앉아서 긴 한숨을 쉬며,

행복은 어디에 있나 하며 마루에 걸터앉아서 보니

자기 집 처마 밑에 행복이 걸려 있더라고.

전옥이 〈자그마한 행복〉 1970년 11월호

Q.
당신의 집 처마 밑에 걸려 있는 행복은 어떤 모습인가요.

A.

자그마한 행복

전옥이(서울대학교 상과대학 학장실 근무)

머칠 전 출근길에 있었던 일이었다. 버스를 타고 창밖을 내다보는데, 조그마한 쌀가게에서 35세 안팎의 여인이 검게 그을은 얼굴로 남자의 헌 구두를 닦는 모습을 유심히 본 기억이 난다.

부유하지 않은 생활에서 그 사람들은 무엇인가 행복한 생활을 하는 게 아닌가. 그 부인의 얼굴에는 즐거움이 넘쳐 흐르는 것만 같았다. 버스가 그 집앞을 지나칠 때까지 혹시나 저 구두의 주인이 나타나지 않을까 눈여겨 보았던 생각이 난다.

흔히 우리 주변에서 보는 일이지만 신혼 초에는 그런 경우가 흔히 있는 것 같아도 35세 정도의 여인의 생활에는 그리 흔한 일이 아니다. 연전에 가까운 선생님으로부터 들은 얘기가 생각난다.

어떤 사람이 자신이 행복함을 모르고, 행복을 찾아 몇 천 리를 다니다가 빈 몸으로 돌아와 자기 집마루에 앉아서 긴 한숨을 쉬며 행복은 어디에 있나 하며 마루에 걸터 앉아서 보니, 자기집 처마 밑에 행복이 걸려 있더라고. 행복은 항상 자기 주위에 있다고 그러시던 말씀이 생각되었다. 이 글을 쓰고 있는 지금도 그 부인의 얼굴이 자꾸만 활동사진처럼 눈에 선하다.

|

040

맑고 찬 물이 목구멍에서 창자로 한 줄기 뻗어
내려가면서 몸과 영혼에 생명력을 불러일으키는 듯한
감각의 기쁨은 바로 시방 살고 있다는 것의 행복으로
이어지는 것이다.

고재기 〈무등산의 물맛〉 1971년 3월호

Q.
햇살의 따스함, 부드러운 바람결, 물의 시원함을 떠올려 보세요.
가장 선명하게 느껴지는 감각은 무엇인가요.

A.

|

어린이들은 즐겁게 열중하는데, 철난 사람들은
본 것이 많아서 비교하는 마음이 생기고 그래서
거기에 얽매이게 되는 때문에 고통스런 것이었다.
능력껏 소화하고 분에 넘는 욕심을 삼가면 일은 다시
즐거워진다. 구애받지 않는 자유, 흔들림 없는 행복.
우리를 기쁘게 하는 그 원천은 어디인가.

최종태 〈단 한번의 이 삶을〉 1993년 10월호

Q.
부러운 사람이 있나요.
그 사람보다 내가 더 많이 가진 것은 무엇인가요.

A.

042

진실로 모든 사람이 나날을 고해하듯 살아간다면,

때 묻은 마음을 목욕하듯 씻으며 살아간다면

이 세상 온갖 물상을 있는 그대로

유리알처럼 비쳐볼 수 있을 것이다.

홍윤숙 〈나날을 고해하듯〉 1977년 8월호

Q.
어딘가에 속 시원히 털어놓고 싶은 비밀은 무엇인가요.

A.

|

다른 인기 개그맨만큼 내가 대사도 많았던 것도 아닌데
지금까지 버틴 이유가 뭘까. '나는 이것밖에 할 것 없다.
나는 평생 할 거니까 지금 당장 튀지 않아도 돼' 하는
마음이 있었던 덕분이라고 생각합니다.

전유성 〈지금 당장 튀지 않아도 돼, 난 평생 할 거니까〉 2003년 2월호

Q.
지치지 않고 계속 일할 수 있는 당신의 원동력은 무엇인가요.

A.

나는 아마도 죽는 날까지 출발선에 서 있는
달리기 선수의 자세이기를 나 자신에게 요구할 것이다.
항시 새로 시작하는 자세에서만 나는 안도할 수 있고,
행복을 느끼는 바보이기 때문이다.

조정래 ('아론의 집'에서) 1986년 1월호

Q.
최근 감행한 뜻깊은 도전은 무엇이었나요.

A.

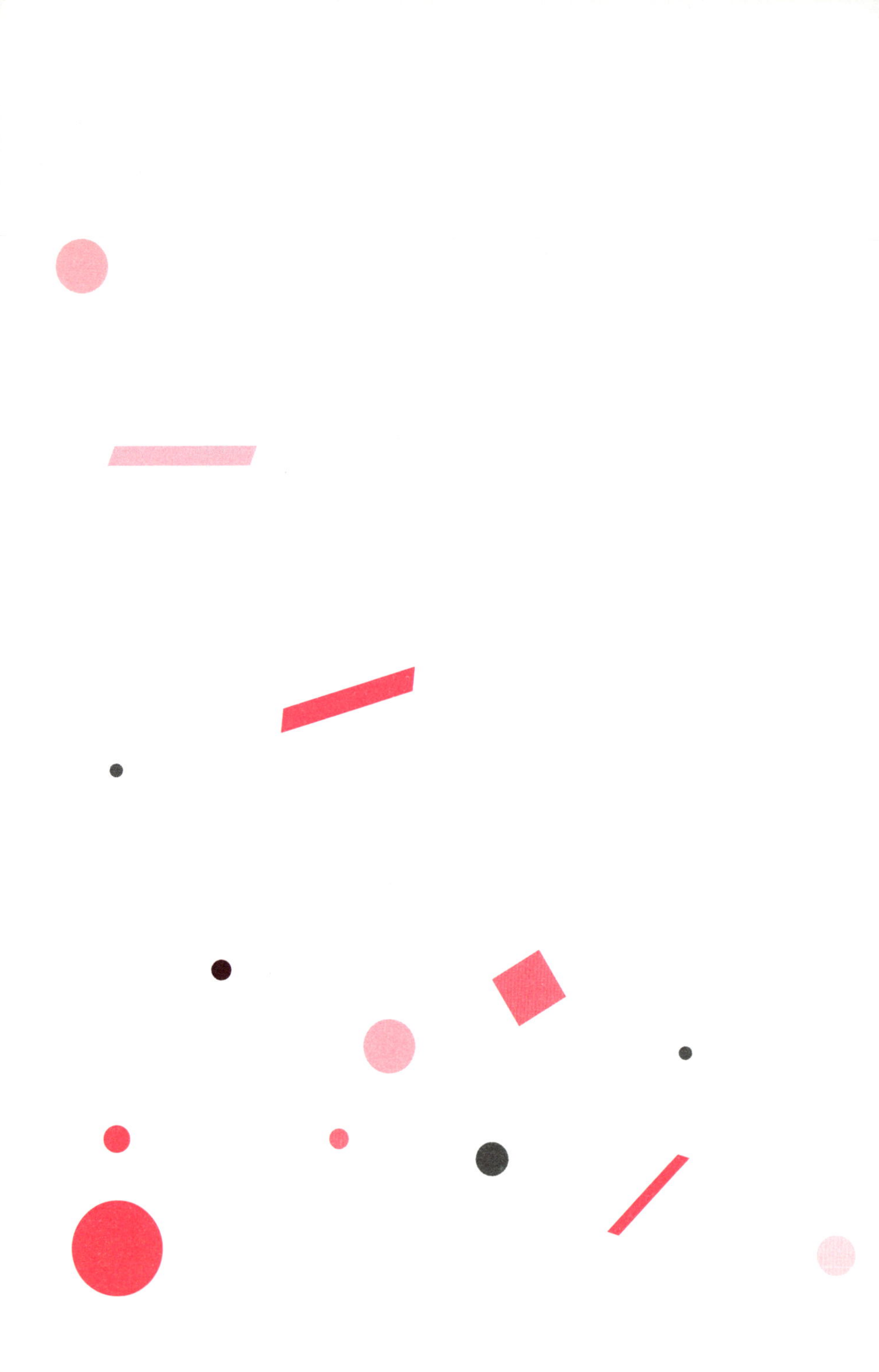

3장

지혜로운 삶의 태도

매듭이란 모든 곤란에 적용되는 최상의 처방이다.
망설이고 기피하고 매어 달리는 태도는 이 시대를
살아가는 사람에게는 무엇보다도 큰 허실이며
자기애에 대한 막대한 손실이 아닐 수 없다.
매듭은 결코 종말이 아니며 내일의 문턱을 오르는
신뢰의 계단이다.

신달자 〈아름다운 끝맺음〉 1978년 11월호

Q.
유종의 미를 거두며 의미 깊게 마무리한 일은 무엇인가요.

A.

평범이란 중용(中庸)과 같이 하나의 덕(德)에 속한다.
그러므로 평범한 사람은 인생의 낙오자를 말하지
않는다. 말하자면 많은 노력을 통해서만 도달할 수
있는 이상적인 인간상이다. 평범한 사람은 인간의 일은
무엇이고 모르는 체 하지 않는 사람이다.
남이 병든 것을 보면 나도 병들 것을 생각하고
남이 가난에 울면 나도 그럴 때가 있을 것을
생각하는 사람이다.

박갑성 〈평범한 사람〉 1971년 4월호

Q.
평범하기란 왜 어렵게 느껴지는 걸까요.

A.

|

047

젊음이 스러지기 전에 원대한 포부를 지니고

오대양 육대주를 향해 떠나라.

원을 지니고 떠나는 것은 출발이다.

꿈이 없는 떠남이 도망인 것이다.

이광복 〈도망이 아닌 출발〉 1988년 8월호

Q.
도망이 아닌 꿈이 있는 여행을 떠난 적이 있나요.
어떤 추억들을 만들었나요.

A.

위험하니까 못한다, 안되니까 못한다고 생각하거나

일의 결과가 좋지 않다 해서 좌절하는 것이

바로 불행이리라. 그러나 최선의 길에는

행운과 요행이란 없다.

김준엽 〈진인사대천명〉 1985년 11월호

Q.
지레 겁먹고 포기했던 일을 다시 시작할 기회가 주어진다면
어떤 선택을 할 건가요.

A.

일하는 것이 인생의 성취욕구를 실현시켜 주는 건강한
수단이라면 쉬는 것은 일할 수 있는 자신을 만들어내는
또 다른 수단이다. 일이 인생에 중요한 무게인 만큼
쉼도 같은 무게의 값어치를 지닌다.

이근후 〈휴식과 일의 무게〉 1985년 10월호

Q.
당신에겐 어떤 휴식이 진정한 쉼인가요.

A.

050

세모에 지난 한 해 동안의 고통을 잊어버리는 것은

삶의 지혜입니다.

그러나 그것을 잊지 않고 간직하는 것은 용기입니다.

나는 이 겨울의 한복판에서

무엇을 자르고 무엇을 잊으며

무엇을 간직해야 할지 생각해 봅니다.

신영복 〈한 평 방 속의 우주〉 1988년 11월호

Q.
올해는 무엇을 잊고, 무엇을 간직하며 살고 싶나요.

A.

한 평 방 속의 우주

신영복(교수, 작가)

벽에 기대어 앉을 때 저는 결코 벽 기대어 앉으시는 일이 없으신 아버님을 생각합니다.

1.

아버님 어머님께서 근심하시는 모습 눈에 선합니다. 성공은 그릇이 넘는 것이고, 실패는 그릇을 쏟는 것이라면, 성공이 넘는 물을 즐기는 도취인데 반하여 실패는 빈 그릇 그 자체에 대한 냉철한 성찰입니다. 저는 비록 그릇을 깨뜨린 축에 듭니다만, 성공에 의해서는 대개 그 지위가 커지고, 실패에 의해서는 자주 그 사람이 커진다는 역설을 믿고 싶습니다.

2.

더 좋은 잔디를 찾다가 결국 어디에도 앉지 못하고 마는 역마(驛馬)의 유랑(流浪)도 그것을 미덕이라 할 수 없지만 나는 아직은 달팽이의 보수(保守)와 칩거(蟄居)를 선택하는 나이가 되고 싶지는 않습니다. 왜냐하면 역마살에 꿈을 버리지 않았다는 아름다움이 있기 때문이며 바다로 나와버린 물은 골짜기의 시절을 부끄러워하기 때문입니다. 옷자락을 적셔 유리창을 닦고 마음속에 새로운 것을 위한 자리를 비워두는 준비가 곧 자기를 키워 나가는 일이라 생각됩니다.

3.

변전기가 고장이 나서 덕분(?)에 실로 오랜만에 불 꺼진 방에서 하룻밤을 지낼 수 있었읍니다. 캄캄한 밤이 오히려 낯설어 늦도록 깨어있으니 불 켜 있던 밤에는 미처 듣지 못하던 여러 가지 소리가 들려옵니다. 멀리 누군가의 고향으로 달리는 긴 밤 열차 소리로부터 담 너머 언덕에서 뛰노는 동네 아이들 소리, 교도소의 수많은 쥐들을 전율케 하는 고양이의 앙칼진 울음 소리, 가지를 흔들어 긴 겨울잠에서 뿌리를 깨우는 봄바람 소리, 그리고 상처받은 청춘을, 하루의 징역을 고달파하다 잠든 젊은 재소자들의 곤한 숨소리….

어둠은 새로운 소리를 깨닫게 할 뿐만 아니라 놀랍게도 나 자신의 모습을 분명히 보여주었습니다. 어둠은 나 자신이 지금 어디서 무엇을 하고 있는가를 캐어 물으며 흡사 피사체(被寫體)를 좇는 탐조등처럼 나 자신을 선연히 드러내주었습니다.

교도소의 응달이 우리 시대의 진실을 새로운 각도에서 조명해주듯 하룻밤의 어둠이 내게 안겨준 경험은 찬물처럼 정신 번쩍 드는 교훈이었습니다.

4.

기상 시간 전에 옆사람 깨우지 않도록 조용히 몸을 뽑아 벽 기대어 앉으면 써늘한 벽의 냉기가 나를 깨우기 시작합니다.

나에게는 이 때가 하루의 가장 맑은 시간입니다. 겪은 일, 읽은 글, 만난 인정, 들은 사정… 밤의 긴 터널 속에서 여과된 어제의 역사들이 내 생각의 서가에 가지런히 정돈되는 시간입니다. 금년도 며칠 남지 않은 오늘 새벽은 눈 뒤끝의 매운 바람이, 세월의 아픈 채찍이, 그리고 불혹(不惑)의 나이가 준엄한 음성으로 현재의 나를 묻습니다.

손가락을 베이면 그 상처의 통증으로 하여 다친 손가락이 각성되고 보호된다는 그 아픔의 참뜻을 모르지 않으면서 성급한 충동보다는, 한 번의 용맹보다는, 결과로서 수용되는 지혜보다는 면면한 기도(企圖)가, 매일매일의 약속이, 과정(過程)에 널린 우직한 아픔이 우리의 깊은 내면을, 우리의 높은 정신을 이룩하는 것임을 모르지 않으면서도, 스스로 충동에 능하고, 우연에 승(乘)하고, 아픔에 겨워하며, 매양 매듭 고운 손, 수월한 안거(安居)에 연연한 채 한 마리 미운 오리 새끼로 자신을 한정해 오지나 않았는지⋯.

하처추풍지 고객최선문(何處秋風至 孤客最先聞), 겨울 바람은 겨울 나그네가 가장 먼저 듣는 법, 세모의 이 맑은 시간에 나는 내가 가장 먼저 깨달을 수 있는 생각에 정일(精一)하려고 합니다.

5.

최후의 한 잎마저 떨어져 버린 겨울의 수목이 그 근간(根

幹)만으로 뚜렷이 바람 속에서 서듯 모든 형태의 소유와 의상을 벗어버린 징역살이는 마치 물신성(物神性)이 척결된 논처럼 우리의 사고를 간단 명료하게 해줍니다.

그러나 겨울에는 자칫하면 주변에 대한 관심을 거두어 제 한몸의 문제에 문닫고 들어 앉아 칩거해버릴 위험도 없지 않습니다. 이것은 새로운 소유욕이며 타락입니다. 그러므로 겨울이 돌아오면 스스로 문을 열고 북풍 속에 섬으로써만이 '동굴의 우상(偶像)'을 극복할 수 있다고 믿습니다.

6.

겨울 추위는 역경에서 발휘되는 강한 생명력을 확인하고 신뢰하게 합니다. 뿐만 아니라 겨울 추위는 몸을 차게 하는 대신 생각을 맑게 해줍니다. 그래서 저는 언제나 여름보다 겨울을 선호합니다. 다른 계절 동안 자잘한 감정에 부대끼거나 신변 잡사에 얽매여 있던 생각들이 드높은 정신 세계로 시원하게 정돈되고 고양되는 것도 필경 겨울에 서슬져 있는 이 '추위' 때문이라 믿습니다.

추위는 흡사 '가난'처럼 불편할 따름입니다. 그리고 불편은 우리를 깨어 있게 합니다.

저는 한 평 남짓한 독거실(獨居室)의 차가운 공간을 우리의
숱한 이웃과 역사의 애환으로 가득 채워 이 겨울을 통렬한
깨달음으로 자신을 달구고 싶습니다.

7.

새해가 겨울의 한복판에 자리잡은 까닭은 낡은 것들이 겨
울을 건너지 못하기 때문인가 봅니다.

낡은 것으로부터의 결별이 새로움의 한 조건이고 보면 칼
날 같은 추위가 낡은 것들을 가차없이 잘라버리는 겨울의
한복판에 정월 초하루가 자리잡고 있는 까닭을 알겠읍니다.

세모에 지난 한 해 동안의 고통을 잊어버리는 것은 삶의
지혜입니다. 그러나 그것을 잊지 않고 간직하는 것은 용기입
니다.

나는 이 겨울의 한복판에서 무엇을 자르고 무엇을 잊으며
무엇을 간직해야 할지 생각해 봅니다.

★ 〈샘터〉 1988년 11월호에 수록된 이 글은 필자가 감옥에서 가족들에게 보낸 편지집
〈감옥으로부터의 사색〉(돌베개)에서 부분 발췌한 것입니다.

051

진정한 자존은 남 앞에 나를 앞세우는 것이 아니라
나의 언행에 책임을 지는 것,
내 스스로의 양심에 비추어 거리낌이 없는 것.
이것이야말로 자기완성의 길이요
남에게 피해를 덜 끼치는 일이다.

안영 〈혀 끝에 날이 서면〉 1985년 5월호

Q.
자신의 말과 행동에 얼마만큼 책임을 지며 살고 있나요.

A.

|

"모든 일에 있어서 기술적인 것보다는 인격적인 것이
앞선다고 생각한다. 영화도 마찬가지야. 좋은 사람이
좋은 연기를 하고 좋은 영화를 만들 수 있겠지."
훌륭한 인격자가 바로 훌륭한 배우의 밑거름이라는
사실을 깨닫게 해준 말이었다.

안성기 〈훌륭한 연기는 기술보다 인격이 앞선다〉 1997년 10월호

Q.
당신의 인생에 큰 울림을 준 한마디는 무엇인가요.

A.

안성기(배우)

지난 80년대는 내게 여러모로 행운을 가져다준 연대였다. 지금의 내 아내와 결혼하여 가정도 꾸몄고, 전에 없이 좋은 영화들을 만날 수 있었던 덕택에 굵직한 상도 몇 개 받으며 차츰 영화인으로 자리를 잡을 수 있던 때이기도 했다. 하지만 당시, 나의 마음속에는 '과연 훌륭한 배우는 어떤 배우일까'하는 물음이 생겼고 해답을 찾지 못한 채 방황하기 시작했다.

어느날 나는 우연한 기회로 답을 찾을 수 있었다. 당시 나는 최인호 형의 원작인 '깊고 푸른 밤'에 캐스팅되어 촬영을 하고 있었다. 여관 방에서 밤새 시나리오 작업을 하는 감독과 형에게 가끔 먹을 것을 사들고 가서 일도 도와주고 이야기도 나누었는데, 내 마음을 읽었는지 인호 형이 내게 이렇게 말했다.

"모든 일에 있어서 기술적인 것보다는 인격적인 것이 앞선다고 생각한다. 영화도 마찬가지야. 좋은 사람이 좋은 연기를 하고 좋은 영화도 만들 수 있겠지."

바로 그 말이 내게 해답을 주었다. 육체와 마음이 건강해야 살아 있는 연기를 할 수 있고 그렇게 함으로써 작품을 빛낼 수 있는 것이다. 훌륭한 인격자가 바로 훌륭한 배우의 밑거름이라는 중요한 사실을 깨닫게 해준 말이었다.

|

053

화려한 말은 죽어있는 시체 위에 바르는 화장의
분칠과 같다. 이 분칠이 벗겨지면 썩은 육신의 시체가
드러나듯 화려한 말 뒤에는 썩은 더러움이 숨어있다.

최인호 〈말과 침묵〉 1987년 5월호

Q.
오늘 한 말 중 겉치레가 아닌 진심 어린 말은 얼마나 되나요.

A.

|

인생이라는 여로는 하나의 종착지에 빨리 도달하는

것을 목표로 삼는 속도 여행이 아니라,

이곳저곳 돌아보며 견문을 넓히는 관광여행이다.

우리들의 하루는 내일을 위해서 오늘이 있고,

모레를 위해서 내일이 있는 게 아니라,

그날 그날이 각각 그 자체의 뜻과 중요성을 가졌다.

김태길 〈나그네 길도 짚어가며〉 1985년 10월호

Q.

오늘이 당신의 인생에서 뜻깊은 날인 이유를 찾아보세요.

A.

바둑은 두는 사람보다 옆에서의 훈수 한 마디가

승패를 가름하는 고수일 때가 많다.

왜냐하면 더 멀리서 마음의 여유를 갖고

그 싸움의 전체를 내다 볼 수 있기 때문이다.

송인상 〈미래를 내다보며 산다〉 1971년 7월호

Q.
직면한 문제에서 한 발짝 떨어지니 해법이 떠오른 적이 있나요.

A.

|

056

"이보게, 앞이 탁 트인 델 내다보면서 시원하구나,

저긴 뭐가 있구나는 누구나 할 수 있는 일이 아니겠나?

나는 말야. 오히려 앞이 탁 막힌 데 앉아서 산 너머를

보는 연습을 하고 있는 거야!"

최완택 〈막힌 곳에서〉 1979년 4월호

Q.
지금 당신의 눈앞을 가로막고 있는 것은 무엇인가요.

A.

막힌 곳에서

최완택(목사)

"넌 맨날 산에 가서 뭐하니?"

틈만 나면 나는 수리산 한 기슭을 찾아가곤 한다. 산에 다녀온 어느 날, 다방에서 만난 친구 유 군이 묻는 말이었다. 그래 나는 산에 가서 도대체 뭘 하고 있었담. 좀 부끄러워지는 것이었다.

"사람이 도(道)를 닦으려면 앞이 탁 트인 곳에서 해야지 그렇게 산이 눈앞을 가로막고 있는 곳에 있으면 뭐가 나오겠니?"

유 군의 두 번째 질책이다. 그건 그렇다. 언제 보아도 빤한

산봉우리 셋, 밤나무 단지, 스산한 시골 풍경, 그렇다. 그러나 일순(一瞬), 내 머리를 탁 치는 섬광(閃光)과 같은 깨달음이 있었다. 그렇게 오랫동안 산에 오르면서도 깨닫지 못한 진리를 이 시끌시끌한 서울의 다방 한구석에서 터득하다니! 참 감사한 일이다. 그래서 나는 이렇게 말했다.

"이보게, 앞이 탁 트인 델 내다보면서 시원하구나, 저긴 뭐가 있구나는 누구나 할 수 있는 일이 아니겠나? 나는 말야. 오히려 앞이 탁 막힌 데 앉아서 산 너머를 보는 연습을 하고 있는 거야."

|

057

합창 연습을 할 때처럼 또 한 해를 살자.

음(音)이 틀리면 다시 시작할 수 있는 용기로,

다른 파트의 소리를 들으면서도 방해를 받지 않고

자기의 음을 내는 분별과 확신으로,

혼자만의 목소리가 너무 튀어나오지 않게 유의하면서도

기죽지 말고 떳떳하게 화음을 이루도록

애쓰는 자세로 매일을 살자.

이해인 〈기도일기-새해를 맞으며〉 1993년 2월호

Q.

당신은 사람들과 조화롭게 어울리며 살고 있나요.

A.

|

깨지고 찢기며 감내했던 상처뿐인 젊은 날의 한이
가슴에서 곰삭아 넉넉한 삶의 노래로 흘러나오는
지금에서야, 어렵고 힘든 길을 택하는 사람들에게는
인생의 진국을 맛볼 수 있는 기회가 주어짐을
깨닫게 되었다.

장사익 〈늦깎이 소리꾼이 버린 것〉 1997년 10월호

Q.
쉬운 길을 놔두고 어려운 길을 택한 적이 있나요.
그 길에서 얻은 것은 무엇인가요.

A.

|

059

앉아서 죽느니 나가다가 죽는 게 더 낫다.

탈출을 기도하다가 어느 지점에서 죽게 되더라도

그것은 나머지 사람들에게 어떤 이정표같은

구실을 할 것이다. 내가 죽은 자리에서

시체로 계속 하나 하나 밖으로 이어져 간다 해도

75명의 끝선에서는 바깥에 이를 것이라 그는 믿었다.

정채봉 〈어둠을 찍어낸 광부〉 1980년 2월호

Q.
당신이라면 생사의 갈림길에서 기다림과 탈출 중
어떤 선택을 했을 것 같나요.

A.

어둠을 찍어낸 광부

정채봉 (동화작가)

그는 손을 털고 돌아섰다. 양어깨를 짓누르고 있는 피로를 던져버리기나 할 것처럼 기지개를 켜면서 아아 하고 하품을 토했다. 그러자 그는 갑자기 다음날이 공휴일인 것이 생각났다. 공휴일이라고 해서 무슨 특별한 계획이 있는 것은 아니었다. 우선 늘어지게 잠을 자자, 그리고 몇주째 미뤄두고 있는 닭장을 손본 다음 모처럼 아이들 하고 함께 놀아주리라. 무등도 태워주고…. 이것이 석탄을 캐는 광부인 그가 생각하는 공휴일의 전부였다.

그는 병방(丙方)이었다. 병방이란 야간작업반을 가리켜서 부르는 별칭이다. 광산 작업의 24시간은 갑(甲) 을(乙) 병(丙)으로 삼등분 되는데 병방의 근무는 자정부터 아침 8시까지인 것이다. 그는 이날도 정확히 밤 12시에 이 광산에서 가장 깊은 16편갱(片坑)으로 내려왔다. 그리고 을방의 동료와 교대해서 굴진작업을 계속했다. 밤 12시부터 시작해서 다음날 아침까지 굴진.

그는 때때로 자기가 파내고 있는 것이 석탄이 아니라 어둠의 편편(片片)일 것이라는 생각이 들곤 했다. 자정께부터 시작되는 시간대가 그렇고 석탄의 빛깔 또한 그랬다. 아침에야 끝이 나게 되어 있는 일과 또한 그렇고. 그는 때때로 이렇게 말하고 싶어지는 것이었다. 당신들이 잠들고 있는 사이에 나는 열심히 밤을 찍어내고 있었노라고.

그날 작업은 다른 날보다 반시간이나 단축되었다. 다음날이 휴일일 때는 항시 정전이 30분 이르기 때문이었다. 그러니까 7시쯤이었다. 그가 막연히 연기를 의식하게 된 것은 인차(引車)를 타기 위하여 15편갱으로 올라오면서였다. 주위에 실안개 같은 것이 배어 들었다. 그는 처음엔 어디 케이블선이 타나 하고 두리번거렸다. 그러나 타는 것은 아무것도 없었다.

연기속에서 누군가가 "불이 났다! 불!" 하고 소리 질렀다. 이어서 기침소리와 함께 비명이 들렸다. 순간 그는 14편갱 도로 곧장 나가는 것은 무리일 것이라는 생각이 들었다. 그 곳은 유독가스가 밀려 들어오는 굴뚝같은 구실을 하고 있을 것이었다. 그는 석탄을 벨트로 운반하는 컨베이어갱을 통하여 14편갱으로 올라갔다.

"창식인가?" 연기속에서 누군가가 그를 알아보고 말했다. 그는 우선 반가웠다. 달려가서 상대의 손목을 꽉 움켜잡았다. 그리고는 말을 하지 말라는 표시로 검지손가락을 입위에 갖다대어 보였다. 유독가스 속에서 말을 한다는 것은 그만큼 생명이 단축되는 결과를 가져올 것이기 때문이었다.

그는 눈으로 말했다. 살아있는 한, 살 수 있는 노력은 다하여야 한다. 손톱 발톱을 다 뽑아버리는 고통이 뒤따르더라도. 안일에 빠지거나 자포자기해서는 안된다. 그의 주위에는 이미 10여 명의 광부들이 둘러서 있었다. 모두들 수건으로 입과 코를 가리고 있었고 불안한 눈으로 점점 불어나는 연기를 지켜보고 있었다. 이럴 때가 아니다.

그는 뛰기 시작했다. 동료들도 그를 따라서 일제히 뛰었다. 우선 13편갱까지 가보는 것이다. 13편갱까지. 그러나 14편갱

에서 13편갱까지는 45도의 경사가 져서 사다리를 타고 올라
가지 않으면 안되었다. 깜깜한 어둠 속에서 그들은 서로 앞
선 사람의 발을 어깨로 받쳐주면서 올라갔다. 13편갱에도 가
스는 도도하게 흘러들고 있었다. 이때부터 가스에 오염되거
나 지친 동료들이 하나 둘 쓰러졌다. 그것은 차마 눈뜨고 못
볼 정경이었다.

쓰러지면서 누군가가 "어머니!" 하고 길게 부르고 있었다.
어머니이-하고 굴속 메아리가 힘없이 꼬리를 풀었다. 순간
그의 눈앞을 아내의 얼굴이 그리고 아이들 병규, 병주, 병희
의 얼굴이 지나갔다. 그는 넘어지는 동료의 어깨를 붙들었
다. "힘을 내! 자식들을 어떻게 할려고 그래!" 그 말은 자신에
게 자기를 확인시키는 말이기도 했다.

누군들 이 깊고 깊은 굴속을 들어오고 싶어서 들어 왔을
까. 석탄처럼 깊고 어두운 가난을 찍어내버리기 위하여, 건
강하다는 보증 하나만을 가지고 드나든지 벌써 7년째나 되
지 않는가. 그 동안에 첫째 아이 병규는 국민학교 4학년이
되었고 그 아래 병주는 1학년이 되었다. 지금쯤 그들은 잠이
깨었을 것이다. 애비가 돌아와서 나눠주는 20원씩이 생각나
서 대문간을 뻔질나게 내다보고 있을 것이다. 20원을 주면

10원은 벙어리 저금통에, 그리고 10원을 가지고 좋아라 뛰어
나가던 아이들.

그는 어금니를 악물었다. 붙들어 잡은 동료를 흔들면서 하
나, 둘, 하나, 둘, 구령을 붙여서 뛰었다. 갱도에 연기의 층이
더욱 두꺼워졌다. 그는 이대로 계속 전진한다는 것은 무모한
모험이라는 생각이 들었다. 가스는 통풍이 이루어지는 갱도
와 갱도를 누비고 있을 것이 틀림없다.

그렇다. 막장으로 가자. 막장은 갱의 끝이니 가스가 덜할지
도 모른다. 아니 그럴 것이다. 어딘지 흘러갈 수 있는 곳으로
연기는 흐르기 마련이니까. 그의 예상은 적중했다. 막장에는
가스가 밀려들지 않았다. 대신 가스에 쫓기는 사람들만이 찾
아들었다. 한참 후에 점검해본 인원은 75명이나 되었다. 막
장에는 다행히 자연수까지도 흐르고 있었다. 그는 자기구명
기 뚜껑으로 물을 떠서 목을 추겼다.

가스는 막장으로도 계속 기웃거렸다. 그러나 항시 20미터
전방에서 자드러지곤 했다. 광부들은 누가 지시한 것도 아닌
데 흐르는 물을 사이에 두고 고갱목이나 암석들을 깔고 앉
았다. 누구 하나 떠드는 사람도 없었다. 지옥의 한 구석진 자
리처럼 그저 신음소리 외에는 침묵이었다.

그는 두 무릎을 세우고 그 사이에 얼굴을 묻었다. 이렇게 이 많은 사람들이 다 죽어야 하는가. 앉은 자리에서 그저 그 죽음을 기다리고만 있어야 하는가. 그는 아니다, 아니다 라고 반복해서 자신에게 대답했다. 그렇다고 섣불리 움직인다는 것은 또 만용이다. 그는 결정적인 순간을 위해서 정신을 가다듬고 있어야겠다고 결심했다. 절제를 위해서 오줌누는 만큼씩만 물을 마시고 그리고 껍질을 지니고 있는 나무토막을 물에 불렸다. 어렸을 적에 소나무껍질로 허기를 채웠을 때처럼 물에 불린 나무토막을 입에 물었다. 겉부분을 발라내고 내피(內皮)를 씹었다.

"병희야! 아빠는 꼭 살아 나갈거야." 병희는 그의 네 살박이 딸아이의 이름이었다. 어쩌다 동료들과 술을 좀 마시고 들어간 날이면 병희는 가재처럼 뒷걸음으로 와서 그의 무릎에 안기곤 했다. 아빠가 수염나 있는 턱으로 뺨을 문지를까봐서였다. 텔레비전에서 본대로 마징가 어쩌구 하면서 재롱을 부리던 모습이 떠올랐다.

그때였다. "연기가 달려올 것 같다!"는 외마디를 그는 들었다. 눈을 떠보니 독사의 혓바닥처럼 유독가스가 움직이고 있었다. 그들이 최후의 보루로 삼고 있는 막장을 향하여. 여기

저기서 아우성이 일어났다. 더 이상 물러설 수도 없는데도 안쪽으로 몰렸다. 누구인지 찬송가를 불렀다. "하늘 가는 밝은 빛이 내 앞에 있으니…."

그때 그는 밀려오는 가스대를 주시했다. 자세히 살펴보니 수면과 연기 사이에는 일정한 간격이 생기는 것이었다. 얼굴 하나 간신히 끼워 넣을 수 있을 만한. 그는 소리 질렀다. "물 위에서 숨을 쉬면 살 수 있다." 너도 나도 물 위에 얼굴을 갖다 대고 또 얼마를 있었다. 다행히 시간이 흐르면서 가스대는 엷어졌다.

그렇게 하루쯤이 지나간 것 같았다. 모두들 공포와 허기에 지쳐가고 있었다. 그때 안쪽으로부터 "이대로 구조대만을 기다릴 게 아니라 탈출조를 짜볼까" 하는 말소리와 함께 "그런데 누가 지원할까요?"라는 말소리가 들려왔다. 그는 벌떡 일어났다. "제가 한번 나가보지요."

앉아서 죽느니 나가다가 죽는 게 더 낫다. 탈출을 기도하다가 어느 지점에서 죽게 되더라도 그것은 나머지 사람들에게 어떤 이정표 같은 구실을 할 것이다. 내가 죽은 자리에서 시체로 계속 하나 하나 밖으로 이어져 간다 해도 75명의 끝선에서는 바깥에 이를 것이라 그는 믿었다.

김 철동과 전 갑수가 그를 따라 나섰다. 그리고 또 한사람도. 그들은 자기구명기(自己救命器) 2개씩을 가지고 가스대 속으로 뛰어들었다. 12편갱…11편…10…9편갱에 이르자 그는 더 나아갈 수 없을 것 같았다. 정신이 혼미해지면서 다리에 힘이 풀렸다. 그는 주먹으로 자기의 뺨을 쳤다. 그리고 허벅지의 살을 꼬집어서 정신을 차렸다. 조금만 더, 조금만 더…. 혼수상태에서 그들은 30여 미터를 기어 올라갔다고 생각했다. 뿌옇게 흐려있는 시야의 저편에 웅크리고 있는 검은 것이 있었다. 전화기, 전화기가 틀림없었다.

넘어지면서 그는 와락 수화기를 들었다. "여보세요, 여기 말 잘 들립니까? 나는 병방의 민 창식이라는 사람입니다. 지금 13편갱 막장에는 75명이 갇혀 있어요…. 당신들은 뭐하고 있는 거야! ×팔… ×새끼들…." 그는 누구한테라고 할 수 없는 부아가 자꾸 끓어 올라서 욕을 해댔다. 그러나 목이 메어서 그 욕도 더 할 수 없었다.

(이 이야기 가운데의 '그'는 79년 10월 26일 은성광업소 화재사건 때 갱속에서 첫 번째로 생환한 민 창식(37세) 씨입니다.)

|

060

인간생활은 물론이지만 다른 모든 사물 역시

드러내 보이는 표면이 있고, 또 깊숙이 감추어져 있는

이면(裡面)이 있다. 이 아름답고 신기하고 희한한 세계에

둘러싸여 있으면서도 오직 알고 보는 힘이

부족하기 때문에 오히려 시들한 곳으로

만들어 버리는 비극이 생긴다.

장리욱 〈사실 알고 보면〉 1971년 9월호

Q.
익숙한 사람이나 풍경이 새삼스럽게 보인 경우는 언제였나요.

A.

세월이 덧없이 흘러가는 게 아니라, 우리가 그 세월을
덧없이 흘려보내고 있다는 말이 더 적절할 듯싶다.

법정 〈가을바람이 불어오네〉 1993년 10월호

Q.
세월을 덧없이 흘려보내지 않기 위해 어떤 노력을 하며 사나요.

A.

|

농부들은 무슨 일이든지 스스로 몸에 맘에 익혀

터득하고 깨우쳐서 흔들림 없는 인격이 된다.

그래서 농부들은 느긋하고 행동이 느리다.

자기도 모르게 낫 잡는 법이 몸에 익혀지기를 기다리고

비가 오기를 기다리고 감이 익기를 기다린다.

그렇게 무엇이든지 오래 기다리며 일을 익히므로

한번 배운 요령은 잊지 않는다.

김용택 〈그리운 용조 형〉 1999년 3월호

Q.
어려웠지만 우직하게 버티며 배우고 익힌 경험이 있나요.

A.

|

"오뎅 장사 시작하고부터는 놀러 나온 것마냥 신이 나.

그게 맞는 거 아냐? 처제도 그렇잖아.

이게 일이다, 라고 생각하면 글쓰는 거 하나도 재미없잖아.

뭐든지 우선은 내가 신나야 잘 할 수 있는 것 같아.

처제, 그거 알아? '신나게'가 바로 '훌륭하게'야."

이명랑 〈용 아저씨〉 2001년 5월호

Q.

해야 해서가 아니라 신나서 하는 일을 하고 있나요.

A.

용 아저씨

이명랑(소설가)

까맣게 잊고 있었다. 그곳에 용 아저씨가 있다는 사실을. "처제! 처제, 어디 가?" 생각지도 못한 곳에서 갑자기 들려온 목소리에 나는 깜짝 놀랐다. 가던 길을 멈추고 뒤돌아보니 용 아저씨였다. 그제야 나는 아하, 하고 용 아저씨께 아는 체를 했다. 용 아저씨는 머리를 노랗게 물들이고 있었다.

"사람 처음 봐? 남의 남자 얼굴을 왜 그렇게 빤히 들여다보는 거야? 사람 무안하게. 오뎅 하나 먹을래?"

나는 아저씨가 내민 오뎅을 덥석 받아 들었다. 앞에 놓여 있는 간장 그릇에 오뎅을 한번 담갔다가 꺼내어 한 입 베어

먹었다. 예상 밖으로 맛있었다.

"아저씨, 오뎅 이거 장난 아닌데요? 다른 데서 파는 오뎅이랑 틀린 것 같아. 오뎅 장사 일 년 하더니 이젠 진짜 프로 냄새가 나는데?"

용 아저씨네 오뎅이 너무 맛있어서 나는 연거푸 세 개나 먹었다. 국물 맛도 기가 막혔다. 용 아저씨에게 이런 솜씨가 있었을 줄이야, 눈으로 보고 입으로 맛까지 보면서도 믿을 수가 없었다. 그도 그럴 것이 이제까지 내가 보아왔던 용 아저씨는 아침이면 세수도 안하고 시장에 나와서는 죽지 못해 여기 있는 거다, 라는 얼굴로 앉아 간신히 시간만 때우다 정오가 되기도 전에 사라져버리던 사람이었기 때문이다.

용 아저씨는 연신 콧노래를 흥얼거렸다. 그런 아저씨의 모습은 마치 일하러 나온 사람이 아니라 놀러나온 사람처럼 보였다.

"아저씨, 꼭 놀러나온 사람 같아." 내가 말했다.

"맞아. 나 놀러나왔어. 오뎅 장사 시작하고부터는 놀러나온 것마냥 신이 나. 그게 맞는 거 아냐? 처제도 그렇잖아. 이게 일이다, 라고 생각하면 글쓰는 거 하나도 재미없잖아. 뭐든지 우선은 내가 신나야 잘 할 수 있는 것 같아. 처제, 그거 알아? '신나게'가 바로 '훌륭하게'야."

"그럼, 과일 장사할 때도 그렇게 신나게 하지 그랬어요? 사실, 오뎅 장사보다야 그래도 과일 가게 사장이었을 때가 보기엔 훨씬 더 그럴 듯 하잖아요. 애들이 커도 그렇고."

그런 생각을 하는 사람이 나만은 아니다. 처음에 용 아저씨가 과일 가게를 그만두고 노상에서 오뎅 장사를 해야겠다고 했을 때, 시장 사람들 모두 용 아저씨를 미친 사람으로 취급했다. 돌아도 단단히 돌았다고. 그래도 명색이 과일 가게 사장이었으니까. 번듯한 가게를 놔두고 길거리에서 오뎅 장사라니, 용 아저씨의 절친한 친구인 우리 형부도 도저히 이해를 못하겠다고 혀를 내둘렀었다.

"신이 나야 신나게 하지⋯. 내가 새벽잠이 많잖아. 야, 진짜 십 년 넘게 과일 장사를 했어도 그건 절대로 고쳐지지가 않는 거야. 새벽마다 일어나려면 나한테는 그게 바로 지옥이었다고. 나는 밤에 피는 야화(夜花)잖아. 밤늦게까지 일하라고 하면 그건 얼마든지 하겠는데 새벽에 일어나는 건⋯. 아, 싫다, 싫어! 남 보기 좋으라고 계속 시장에서 과일 장사를 했어봐, 지금까지도 맨날 지옥이지. 나는 지금이 더 좋아."

편의점에서 신문을 사 가지고 나와서 보았더니 용 아저씨네 포장마차는 손님들로 꽉 차 있었다. 용 아저씨는 그들 모두에게 번갈아 가며 말을 건넸고 컵이 채 비워지기도 전에 오뎅 국물을 한 컵 가득 채워주고 있었다. 용 아저씨의 얼굴에는 환한 웃음꽃이 피어 있었는데 예전에는 용 아저씨의 얼굴에서 그런 꽃을 본 적이 없었다. 일 년여의 시간 동안 용 아저씨는 머리만 노랗게 물들인 것이 아니었다.

용 아저씨네 포장마차 앞을 지날 때 손을 번쩍 들어서 힘차게 흔들어주었다. 용 아저씨는 나를 한번 바라보더니 왼쪽 눈을 살짝 감았다가 떴다. "처제, 사랑의 윙크를 쐈으니까 자주 들러!" 용 아저씨의 말에 오뎅을 먹고 있던 손님들이 일제히 나를 돌아다봤다. 나는 괜히 창피해서 얼굴을 붉혔고 아저씨는 그런 나를 바라보며 키득키득 웃었다. 갑자기 생각이 났는지 이렇게 말하는 것이었다.

"처제, 다음 달부터는 떡볶이도 할 거니까 자주 와. 알았지?"

집으로 돌아와서는 용 아저씨의 얼굴에 가득 피어 있던 웃음꽃이 생각나서 나도 모르게 자꾸만 실없이 웃음이 나왔다. 웃으며 설거지를 하다 보니 수북이 쌓여 있던 그릇들이 어느새 다 없어졌다. 용 아저씨의 말대로 '신나게'가 '훌륭하게'인가 보다.

|

한 코 한 코를 짜내려 가면서, 지금까지 뜨개질에
대하여 내가 가지고 있던 생각과는 확실히 다른
무엇이 있음을 알았다. 그 사람의 어깨넓이를 어림으로
재어보는 흐뭇함도 컸으며, 또 한 가지는 이 일이
결코 똑같은 반복이나 비창의적인 일만은 아니라는
것이었다. 여기에는 완전한 한 개의 철학이 있었다.
한 코만 잘못되어도 전체가 다 풀어져 버리는 질서와
절대의 조화를 필요로 했다.

문정희 〈작은 행복〉 1971년 3월호

Q.
부단히 정성을 들여 멋진 결과물을 완성했을 때의
기분은 어떠했나요.

A.

작은 행복

문정희 (시인, 중학교 교사)

나 아닌 다른 사람을 위해 뜻있는 일을 한다거나 이웃에게 봉사하면서 느끼는 보람이야말로 더없이 소중하고 큰 것이라고 한다. 그러나 나는 선천적으로 자의식이 강하고, 막내로 자란 환경 탓이었는지는 몰라도 남을 위해 봉사하면서 큰 보람을 느껴 본 적이 별로 없었던 것 같다.

그런데 이번 겨울에 와서 처음으로 어렴풋이나마 그 말의 진가를 깨닫게 되었다. 낮 시간을 틈틈이 이용하여 남편의 털조끼를 하나를 완성한 것이었다.

털조끼를 처음 그에게 준 날 "이런 솜씨가 있는 줄은 몰랐는데. 댕큐우!" 하면서 그가 크고 듬직한 손을 내밀어 악수를 청해 왔을 때 나는 비로소 다른 때에 전혀 느껴 볼 수 없었던 뿌듯한 보람과 작은 행복에 몸 둘 바를 몰랐다.

나는 원래 뜨개질 같은 것을 싫어했다. 바늘로 실을 잡아 당겼다가 다시 넣고 하는, 이러한 똑같은 행위의 끝없는 반복이란 지독히 권태스럽고, 비창의적인 일이라고 단정해 버렸다. 차라리 그 시간에 독서를 한다든가, 음악을 듣는 편이 훨씬 더 보람있는 일로 생각되었다. 그러나 내가 근무하는 여학교의 오후는 시끄러우면서도 무료하다. 독서를 하기에 는 너무도 산만하기만 한 것이다. 그래서 우연히 낮시간 이 용의 한 방법으로 시작해 본 것이 뜨개질이었다.

한 코 한 코를 짜내려 가면서, 지금까지 뜨개질에 대하여 내가 가지고 있던 생각과는 확실히 다른 무엇이 있음을 알 았다. 그 사람의 어깨넓이를 어림으로 재어보는 흐뭇함도 컸 으며, 또 한 가지는 이 일이 결코 똑같은 반복이나 비창의적 인 일만은 아니라는 것이었다. 여기에는 완전한 한 개의 철 학이 있었다. 한 코만 잘못 되어도 전체가 다 풀어져 버리는 질서와 절대의 조화를 필요로 했다. 이런 정성과 철학 속에 서 하나의 털조끼가 탄생된 것이다.

두 번째의 작품으로 나는 아직 태어나지 않은 아가의 흰 털신을 시작했다. 앙징스러운 모양의 내 새끼손가락 길이만큼한 발바닥이 완성되어 가고 있을 때 뭉클하고도 아픈 아가의 태동이 느껴지곤 했다. 문득 이럴 때, 나는 싱거운 소녀적 감상에 젖기도 한다. 내가 만약 그 죽도록 아프다는 산고(産苦)를 이기지 못한다면, 아가는 아마 이 털신을 영원한 엄마의 기념품으로 간직하겠지. 그러나 아직 전혀 실감되지 않는 어떤 아가의 엄마가 되어가는 나는 옛 어른들의 말씀대로 되도록 순수하고 넓고 큰 마음으로 뜨개질을 해 나간다.

여러 가지 감상으로 콧마루가 시큰해지는 낮 한때, 나는 더욱 철저한 어른으로 자꾸만 변모해 가고 있는 자신을 즐거워하고 있다.

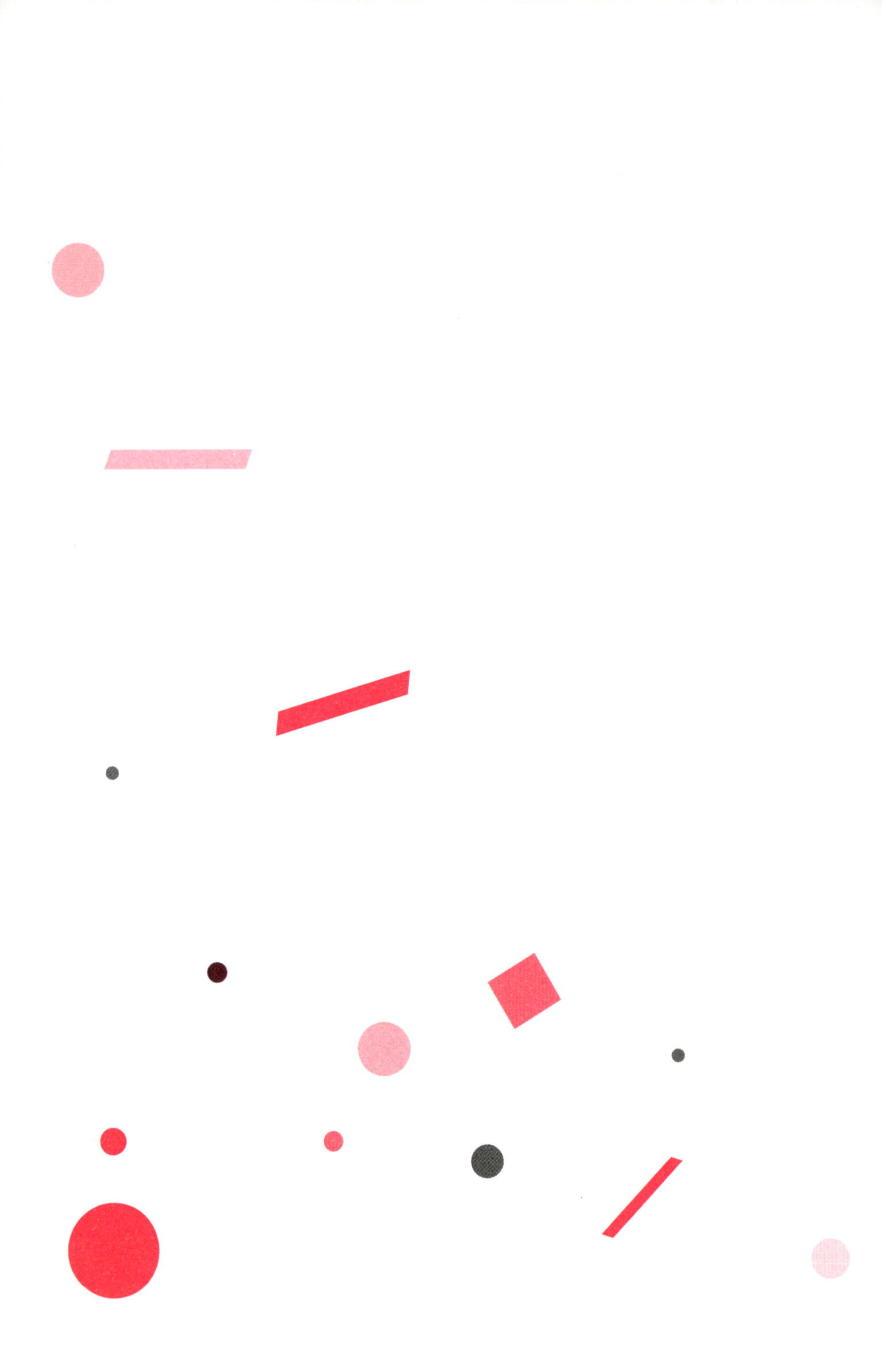

4장

우리를 지탱해주는 사랑

사랑은 불이라기보다는 물이다.

스스로도 태우고 남아도 태우는 불이 아니라

남의 그릇 모양의 형태로 담기는 유연한 물의 성질이

바로 사랑이라는 것이다.

사랑하는 상대방이 세모꼴의 모양을 하고 있으면

세모꼴의 모양대로 가득히 물을 채워주고

네모꼴은 네모꼴로, 타원형은 타원형으로,

원형은 원형으로 가득히 물을 채워주는 것이 사랑이다.

목정배 〈사랑은 물이다〉 1979년 4월호

Q.
당신이 하고 있는 사랑은 어떤 모양인가요.

A.

|

사랑은 혈연을 통하지 않은 타인과의 융합을 기도하는 것.

항상 감로수일 수만은 없으리라는 걸 알려주고 싶구나.

그러나 두려워할 건 없다. 고뇌와 환희는 등뼈가 맞붙은

쌍생아 같은 거니까 말야.

강인숙 〈그것은 결코 죄가 아니니라〉 1975년 7월호

Q.
당신은 사랑의 아픔을 어떻게 치유했나요.

A.

|

067

사람은 자기가 일생 동안 남에게서 받아 온

사랑 가운데서 가장 깊은 것을 아주 잊고

배반할 능력까지는 없는 것으로 나는 안다.

한동안씩 이것을 잊고 지내거나 배반하는 일은 있어도,

일생 살아가는 동안 언젠가는 다시 그걸 그리워하여

그 깊이에 젖으러 돌아와야 하는 것이다.

서정주 〈석전 스님의 도애의 힘〉 1976년 1월호

Q.

내가 받은 가장 깊고 커다란 사랑을 떠올려 보세요.

A.

|

우리는 결국 사랑을 통해서 살아남을 수밖에 없는

사람들이 아닐는지요. 여름의 질푸른 들판을 보며

저는 생각합니다. 저 들판 끝, 까치 둥우리를 팔에 안고

푸른 잎사귀를 흔드는 미루나무처럼,

삶은 결국 우리에게 배당된 시간의 들판에서

사랑의 잎사귀를 흔드는 것이라고요.

고정희 〈여름에 쓰는 편지〉 1986년 7월호

Q.
당신의 들판에는 사랑의 잎사귀들이 얼마나 힘차게
흔들리고 있나요.

A.

|

069

세상에 존재하는 모든 만물의 이치가 그렇듯이

우리의 단칸방 역시 괴로운 반면에 좋은 점도

지니고 있긴 하다. 좁은 공간에서 식구들의 표정을

가깝게 너무 잘 읽다보니 저절로 솟는 정은

서로를 보듬고 아껴주는 사랑으로

똘똘 뭉쳐졌으니 말이다.

안춘자 〈기도〉 1987년 1월호

Q.
도타운 가족의 정을 느끼는 순간은 언제인가요.

A.

기도

안춘자 (주부)

가로 세로 8자 9자이다. 꼭 있어야 할 세간 몇 가지 놓고 나머지 공간에서 자그만치 거구 다섯 식구가 먹고 자고 3년을 살았다. 잡동사니 몇 가지만 늘어놔져 있어도 앉을 곳을 한참 찾아야 하고 움직일 때마다 식구들과의 살 부딪침은 숫제 예삿일이 아니다. 어쩌다 손님이라도 온 양이면 애들을 모조리 밖으로 내몰아야만 다소 답답함을 면할 수가 있다.

한마디로 손바닥만 한 단칸방이다. 머리가 큰 아이들을 데리고 살면서 단칸방의 불편한 점이 어디 한두 가지뿐이겠는가만 단칸방일망정 널찍하기라도 했으면 오죽이나 좋으랴 싶다.

3년 전 궁핍함에 몰리다 못해 마지막으로 방세까지 까먹고 간신히 이나마 거처할 곳이라고 옮겨 왔을 땐 그때만 해도 아이들이 그다지 크질 않았고, 그야말로 감지덕지 우리의 소중한 보금자리로서 고맙고 감사했을 따름이다. 다행히도 거리에 나앉지 않고 사랑하는 가엾은 자식들과 남편과 옹기종기 모여앉아 살아갈 수 있다는 희망에 부풀어 솟구치는 눈물을 삼키며, 이것저것 모두 잊고 오직 일에 파묻혀 살아온 3년이 아니었던가 싶다.

쉽사리 되지도 않는 일들이었지만 남편은 끊임없이 새로운 사업에 열중했고 나는 밑천 없이 할 수 있는 일은 손에 닥치는 대로 다 해보았다. 야쿠르트도 돌리고 여관집에서 빨래도 하고 밥도 짓고….

엊그제이다. 학교에서 돌아온 큰 아이가 키를 알려준다. 1m 68cm라는 것이다. 제 말로는 작년 1년 새에 12cm를 자랐다나. 그러고 보니 아버지보다 어깨가 반 뼘은 높다. 둘째는 163cm이고 막내도 외탁을 했는지 뼈마디가 길쭉길쭉하니 형님들 어깨선을 넘는 것 같다.

자식들의 성장, 이 얼마나 대견스럽고 믿음직스럽고 보기 좋은 경사인가! 타고난 인물까지 훤칠들 하니 어미는 쳐다보기만 해도 즐겁지 않을 수가 없다.

그러나 죄스러운 생각에 애들을 쳐다볼 면목도 없는 처지다. 단칸방, 그것도 손바닥만 한 곳에서 우리 식구 모두는 밤이면 비좁은 고통으로 끙끙 앓아야 한다. 장대 같은 다리의 두 아들이 누우면 어쩌면 그리도 아래위 방 길이가 자로 잰 듯이 딱 들어맞는지.

그러나 그 나머지 공간이 좁아서 남은 식구가 나란히 눕질 못하고 가로세로로 근근이 누울 수밖에 없다. 될 수 있으면 펴질 못하고 거의 새우잠을 잘 수밖에 없는 노릇인 것이다. 어느날 둘째가 그런다.

"엄마, 우린 마음껏 다리를 못 펴고 자니까 어쩜 키가 더 안 클지도 몰라요."

세상에 존재하는 모든 만물의 이치가 그렇듯이 우리의 단칸방 역시 괴로운 반면에 좋은 점도 지니고 있긴 하다. 좁은 공간에서 식구들의 표정을 가깝게 너무 잘 읽다 보니 저절로 솟는 정은 서로를 보듬고 아껴주는 사랑으로 똘똘 뭉쳐졌으니 말이다.

하지만 내년에 고등학교에 갈 큰아이에게만은 혼자 쓰는

방을 안겨줘야 하리라. 지금의 단칸방은 아무래도 불만스럽기만 하다. 나는 기도하고 또 일하면서 기도하며 믿는다. 애쓰는 남편의 사업이 머잖아 일사불란하게 척척 나아질 것이며, 따라서 조만간에 방 두칸을 마련할 수 있으리라는 나의 꿈을.

070

우리의 마음속에는 자기를 사랑하는 마음과

자기를 괴롭히려는 두 마음이 있다.

자기를 괴롭히려는 마음이 작동할 때 실패는 거듭된다.

반대로 실패를 받아들이고 자기를 아끼는 마음을

깨달을 때 실패는 끝난다.

이규동 〈거듭나는 마음〉 1989년 3월호

Q.
당신이 자신을 진정으로 아껴주는 방법은 무엇인가요.

A.

|

내가 해줄 수 있는 것들을 주고 나에게 없는 것들을

이들로부터 얻어 채워 온전한 사랑독을 가슴에

묻어두면 또 다른 누군가에게 퍼줄 수 있겠지.

반복되는 일상이지만, 사랑 항아리를 채우는 설레임으로

날마다 낯설게 다가가자.

조영실 〈사랑독에서 퍼주는 사랑〉 1996년 11월호

Q.
당신의 마음 속 항아리에는 다른 사람에게 줄 사랑이
얼마만큼 채워져 있나요.

A.

|

습관에 떨어질 때 사랑은 타락하고,

세계를 지탱하고 있는 듯한 거대하고 교활한

불문율(不文律)인 '눈치'에 아첨할 때

순정(純淨)한 사랑의 불은 그 뜨거운

영광의 힘을 잃어버린다.

정현종 〈붉은 달〉 1971년 1월호

Q.
지금 당신의 사랑은 굳건한가요.

A.

073

사랑을 받는다는 것은 우리가 '진짜'가 될 수 있는
귀중한 기회이다. 모난 마음은 동그랗게('사람'이라는
단어의 날카로운 ㅁ을 부드러운 동그라미 ㅇ으로
바꾸면 바로 '사랑'이 된다), 잘 깨지는 마음은 넓고
포근하게, 너무 '비싸서' 오만한 마음은 겸손하게
누그러뜨릴 때에야 비로소 진짜가 된다.

장영희 〈'진짜'의 조건〉 1999년 11월호

Q.
당신이 생각하는 '가장 나다운 모습'은 어떤 모습인가요.

A.

'진짜'의 조건

장영희(서강대 영문과 교수)

내가 좋아하는 유명한 성 프란치스코의 기도문 중에 '이해받기보다는 이해하고, 사랑받기보다는 사랑을 하게 하소서'라는 구절이 있다.

꼭 기도문이 아니더라도 이 말은 내가 어렸을 때부터 주위 어른들에게서 귀에 못이 박히도록 들었고, 이제는 내가 어른이 되어 걸핏하면 입에 올리는 말이기도 하다.

사랑을 받기보다는 주는 사람이 되어라. 그리고 이왕 주는 사랑이라면 옹졸하지 않게 타산적이지 않게, 아낌없이 '제대로' 된 사랑을 주라.

내 자신을 제대로 사랑할 줄도 모르면서 이런 말을 한다는 것이 참으로 어쭙잖지만 그래도 가끔은 상기하는 말이고, 사실 내가 업으로 삼고 있는 문학의 궁극적인 주제도 결국은 '어떻게 사랑하며 살아가는가'의 문제로 귀착되니 내 삶의 주제는 단연 '사랑하라'가 될 것이다.

그러나 요새 들어 나는 가끔 남을 사랑하고 배려하는 마음도 썩 중요하지만, 그 사랑을 제대로 받아들일 줄 아는 마음도 못지않게 중요하다는 생각을 해본다.

누군가의 사랑을 받으면서도 그 사랑을 시큰둥하게 여기거나 마치 자신은 사랑을 받을 당연한 권리가 있다는 듯, 그 사랑으로 인해 오히려 더 오만해진다면 그 사랑은 참으로 슬프고 낭비적인 사랑이다.

사랑하는 일은 막대한 시간과 에너지를 요한다. 누군가를 좋아하고 항상 배려해주고 싶은 마음, 지금 어디서 무엇을 하고 있을까 궁금한 마음, 가슴이 옥죄어올 정도로 그리운 마음, 무슨 행동을 해도, 무슨 말을 해도, 항상 의식의 언저리에서 나를 지배하고 있는 그를 생각하는 마음은 우리의 영혼의 에너지를 소모하는 일이다.

그런데도 흔히 우리는 달랑 차 한두 대 움직이는 석유나 겨우 공장 하나 가동하는 석탄과 같은 에너지는 아까워하면서, 막상 우주를 움직이는 사랑이라는 에너지는 그저 무심히 흘려버리기 일쑤이다.

우리에게는 잘 알려지지 않은 유명한 서양 동화 중에 '벨벳토끼'라는 이야기가 있다. 어떤 아이가 갖고 있는 두 개의 동물인형-말과 토끼-이 나누는 대화로 이루어진 이야기이다.

"나는 '진짜' 토끼가 되고 싶어. 진짜는 무엇으로 만들어졌을까?"

잠자는 아이의 머리맡에서 오늘 새로 들어온 토끼인형이 아이의 오랜 친구인 말인형에게 물었다.

"진짜는 무엇으로 어떻게 만들어졌는가 하고는 상관이 없어. 그건 그냥 저절로 일어나는 일이야."

말인형이 대답했다.

"진짜가 되기 위해서는 많이 아파야 하는 거야?"

다시 토끼인형이 물었다.

"때로는 그래. 그렇지만 진짜는 아픈 걸 두려워하지 않아."

"진짜가 되는 일은 갑자기 일어나는 일이야? 아니면 태엽 감듯이 조금씩 조금씩 생기는 일이야?"

"그건 아주 오래 걸리는 일이야."

"그럼 진짜가 되려면 어떻게 해야 하는데?"

"아이가 진정 너를 사랑하고 너와 함께 놀고, 너를 오래 간직하면 돼. 즉 아이에게 진정한 사랑을 받으면 너는 진짜가 되지."

"사랑받으려면 어떻게 하면 되지?"

토끼인형이 물었다.

"깨어지기 쉽고, 날카로운 모서리를 갖고, 또는 너무 비싸서 아주 조심스럽게 다루어져야 하는 장난감은 진짜가 될 수 없어. 보통 우리가 진짜가 될 즈음에는 털은 다 빠져버리고 눈도 없어지고 팔다리가 떨어져 아주 초라해 보이지. 그렇지만 그건 문제가 안 돼. 진짜는 항상 아름다운 거니까."

어린아이의 사랑을 받음으로써 닳고 닳아 생김새는 초라하지만 진정한 아름다움을 지닌 '진짜'가 되는 장난감처럼, 사랑을 받는다는 것은 '진짜'가 될 수 있는 기회를 부여받는 일이다. 잘 깨어지고, 날카로운 모서리를 갖고, 또 너무 비싸서 장식장 속에 잘 모셔두어야 하는 장난감은 위험하고 거리감을 느껴 아이가 사랑하지 않게 되고, '진짜'가 될 기회를 잃게 된다.

사람도 마찬가지이다. 사랑을 받는다는 것은 우리가 '진짜'가 될 수 있는 귀중한 기회이다. 모난 마음은 동그랗게('사람'이라는 단어의 날카로운 ㅁ을 부드러운 동그라미 ㅇ으로 바꾸면 바로 '사랑'이 된다), 잘 깨지는 마음은 넓고 포근하게, 너무 '비싸서' 오만한 마음은 겸손하게 누그러뜨릴 때에야 비로소 진짜가 될 수 있다.

그리고 '진짜'는 사랑받는 만큼 의연해질 줄 알고, 사랑받는 만큼 성숙할 줄 알고 그리고 사랑받는 만큼 사랑할 줄 안다. '진짜'는 아파도 사랑하기를 두려워하지 않고, 남이 나를 사랑하는 이유를 의심하지 않으며, 살아가다 넘어져도 다시 일어설 수 있는 '진짜' 용기를 가진다.

참으로 아이러니컬한 것은, '사랑할 줄 아는 사람이 되라'는 간판을 이마에 달고 다니는 나도 사실은 정작 사랑을 제대로 받을 줄도 모른다는 것이다. 걸핏하면 모서리가 날카로운 네모가 되고, 걸핏하면 '나는 선생이고 너는 학생이니까' 하는 거만한 마음을 갖고, 걸핏하면 내가 거저 받는 그 큰 사랑들도 적다고 투정한다.

한번 생겨나는 사랑은 영원한 자리를 갖고 있다는데, 이 가을에 내 마음 속에 들어올 사랑을 위해 동그랗게 빈자리

하나 마련해본다.

사랑받기 때문에 사랑할 줄 아는 '진짜'됨을 위하여….

074

누군가를 향한 마음이 가슴 가득할 때는
왜 이리도 살아있음이 즐거워지는지.
불어오는 바람조차도 감미롭게 느껴지고
빗방울도 영롱하게만 보인다.

최연희 〈혼자서 쌓아올린 모래성〉 1998년 5월호

Q.
지금 이 순간, 어서 달려가서 안기고 싶은 사람은 누구인가요.

A.

|

밤은 다른 과실처럼 씨가 따로 있지 않다.

먹히는 살이 곧 씨앗이다.

당신의 사랑을 한 그루 나무로 키우려 한다면

먹을 것이 아니라 아껴서 심어야 하느니.

정채봉 〈사랑과 밤〉 1997년 10월호

Q.

당신은 사랑을 지키기 위해 어떤 노력을 했었나요.

A.

아버지의 등에 엎드려 한참을 울다가 고개를 들어보니
어느새 소나기가 그치고 구름 저편으로 색종이 색깔의
무지개가 내 눈앞에 찬란하게 펼쳐졌다.
나는 아버지가 저토록 고운 무지개를 잡아주시려고
이렇게 바삐 뛰어가는 것이리라 생각했다.
김영련 〈무지개를 잡으러 가는 아버지〉 2000년 3월호

Q.
부모님이나 누군가의 등에 업힌 따스한 기억이 있나요.

A.

무지개를 잡으러 가는 아버지

김영련(독자)

　나의 아버지는 한평생을 근검, 절약, 성실의 세 낱말을 고해하듯 실천하신 분이셨다. 하루종일 논밭에서 일하시는 아버지의 모습은 마치 한 폭의 그림을 보는 것 같았다. 그런 아버지가 내가 결혼한 지 얼마 안 되어 갑자기 쓰러져 응급실로 실려가셨다는 연락을 받고 나는 한밤중에 울면서 병원으로 뛰어갔다. 유난히 저녁노을이 붉게 지고 마당의 꽃들은 모두 고개를 숙이던 날, 아버지는 고통과 노동으로 지친 삶을 그렇게 조용히 마감하셨다. 이 세상에 안 계신 아버지를 생각하니 문득 어린 날의 추억이 아득한 꿈처럼 떠오른다.

35년 전 어느 청명한 오후, 집 앞에서 아버지와 언니들과 함께 신나게 놀고 있는데, 맑던 하늘이 점점 어두워지더니 뇌성벽력이 치고 갑자기 장대비가 세차게 퍼붓기 시작했다. 나는 비를 피하려는 언니들 뒤를 다급하게 뛰어가다 그만 미끄러져 날카로운 돌 끝에다 이마를 심하게 부딪치고 말았다. 순간 피가 걷잡을 수 없이 흘렀고, 너무 놀라 당황한 아버지는 얼른 나를 업고 읍내 병원까지 정신없이 달리기 시작했다. 아버지의 옷이 풀 냄새 배인 땀과 붉은 선혈로 흠뻑 젖어들었다.

아버지의 등에 엎드려 한참을 울다가 고개를 들어보니 어느새 소나기가 그치고 구름 저편으로 색종이 색깔의 무지개가 내 눈앞에 찬란하게 펼쳐졌다. 나는 아버지가 저토록 고운 무지개를 잡아주시려고 이렇게 바삐 뛰어가는 것이리라 생각했다. 세월은 그렇게 잠시 나타났다 사라진 무지개처럼, 피 흘리는 나를 업고 바람같이 달리던 아버지의 걸음처럼 하염없이 흘러갔다.

하지만 아무리 오랜 시간이 흘러도 아버지의 지극한 사랑이 담긴 이마의 흉터는 낫지 않고 나의 고귀한 보물로 간직되고 있다. 시간이 지날수록 그토록 따뜻하고 성실한 검약가이셨던 아버지가 한없이 그리워진다.

|

077

사랑이라는 건 내 마음이 따뜻해지고 풋풋해지고
더 자비스러워지고 저 아이가 좋아할 게 무엇인가
생각하는 것이지요.
사람이든 물건이든 바라보는 것만으로도 충분한데
소유하려고 하기 때문에 고통이 따르는 거예요.
보는 눈만 있으면 자기 것을 가지려고 애쓰는 것보다
훨씬 여유 있게 그 사물의 본질을 파악할 수 있어요.
소유로부터 자유로워져야 해요.

법정 〈샘터 창간 33주년 기념 대담〉 2003년 6월호

Q.
그저 바라보기만 해도 좋은 사람이 지금 당신의 곁에 있나요.

A.

누군가를 너무 사랑한다는 것,

그건 자기의 환각을 사랑하기 시작한다는 뜻이다.

진짜 사랑한다면 '나의 너'와 사랑에 빠질 게 아니라

'진짜 너'와 사랑에 빠져야만 한다.

그건 조금 덜 사랑해야만 한다는 뜻이다.

하지만 그건 어렵다. 정말 어렵다.

김연수 〈진짜 사랑한다면 조금 덜 사랑하라〉 2003년 4월호

Q.
있는 모습 그대로 소중한 사람을
나의 틀에 맞추려고만 하진 않았나요.

A.

|

손님들이 주눅 들지 않도록 민들레 국수집은
늘 작고 허름한 모습으로 남아있을 것이다.
동정이 아닌 사랑을 나눌 것. 지금 당장은
작고 보잘것없는 씨앗도 사랑을 쏟으면
싹을 틔우고 열매를 맺기 시작할 것이다.

서영남 〈배고픈 사람이 원하는 것〉 2005년 9월호

Q.
민들레 국수집처럼 마음이 따뜻해지는
당신의 단골 가게는 어디인가요.

A.

배고픈 사람이 원하는 것

서영남('민들레 국수집' 주방장 겸 운영자)

'민들레 국수집'은 작다. 겨우 세 평 정도의 작은 식당이다. 식탁도 하나뿐이다. 중고 식탁인데 너무 커서 일부러 잘라 내고서야 겨우 식당에 들여놓을 수 있었다. 등받이 의자를 놓으면 사람이 움직일 틈이 없어서 등받이가 없는 간이 의자를 놓으니 겨우 손님 여섯 분이 비집고 앉을 수 있게 되었다.

동인천역 근처의 골목길에 눈에 띄지 않게 자리잡은 민들레 국수집은 밥 한 그릇 사 먹을 힘도 없는 사람들을 위해, 할 일이 없어 공원 의자에 앉아서 시간을 보내는 사람들을 위해, 일거리를 찾아 하릴없이 거리를 헤매는 사람들을 위

해, 장래에 대한 희망도 없고 자신의 곤란한 처지를 알릴 수
도 없는 사람들을 위해 문을 열었다.

처음에는 밥그릇 열 개, 국그릇 열 개, 국수그릇 스무 개, 반
찬그릇 스무 개, 수저 스무 벌을 준비했다. 식사 공간이 너무
좁아서 음식 나누는 시간을 오전 10시부터 오후 5시까지로
길게 잡았다. 덕분에 손님들은 길게 줄을 서느라 자존심 상하
지 않고도 언제든지 마음 편하게 식사를 할 수 있게 되었다.

찾아오는 이들 중엔 나흘을 굶은 사람도 있다. 아흐레를
굶고 기다시피 걸어서 찾아오는 분도 있다. 노숙자들은 어디
로도 떠날 수가 없다. 세 시간을 걸어서 온 분은 다시 세 시
간을 걸어서 보잘것없는 자기의 보금자리로 돌아간다. 두 번
찾아오는 것이 미안해서 한 번 식사하는 것으로 만족하고
공원을 어슬렁거리는 분도 있다. 다른 배고픈 사람도 먹어야
한다면서 꼭 한 그릇만 드시기도 한다. 그런 착한 분을 위해
서는 밥을 꼭꼭 눌러 담아서 고봉밥을 드린다.

돈도 없고 입을 것도 부족한 이들이 자신의 존엄성을 잘
지켜나가는 모습을 보는 것은 즐거운 일이다. 물론 개중에는
술에 절어 감당하기 어려운 지경에 이른 사람도 있지만 대
개는 터무니없는 불평등 속에서도 희망을 잃지 않으려는 진

실한 사람들이다. 사흘 굶으면 담을 넘지 않을 사람이 없다는 말은 틀린 말이다.

하나뿐인 사과를 둘로 나눠 드시는 분이 많아졌다. 현준 씨가 풋고추 2백 원어치를 사와서 다른 손님들과 사이좋게 나눠 먹는다. 껌팔이 아저씨가 하루 벌이인 거금 1만 원을 내어놓는다. 영환 씨가 돼지고기 한 근과 감자 한 봉지를 가져왔다. 경화 씨가 막노동을 해서 돈을 벌었다며 미역을 한아름 사왔다. 일모 씨가 전기료 내는 데 보태라면서 1만 원을 내어놓는다. 사무엘 씨가 며칠 막노동을 해서 돈을 벌었다며 거금 5만 원을 살짝 주머니에 넣어 주고 간다. 우유 할아버지가 우유를 매일 두 개씩 넣어 주신다. 제주 할머니가 달걀을 두 판이나 사오셨다. 이 분들을 생각하면 가슴이 찡해진다.

민들레 국수집의 첫 손님인 대성 씨는 기적처럼 술에서 해방되었다. 열심히 일하면서 저축도 꽤 했다. 올해 안으로 천만 원은 모을 수 있다고 한다. 일할 생각조차 하지 않던 분들이 손수레를 끌면서 고물을 줍기 시작했다. 그래서 점심 나절이면 민들레 국수집 근처에는 손수레가 많이 모여든다. 이젠 정식 직원이 되었다면서 일요일에 설거지를 하러 오는 분들도 있다.

배고픈 사람이 정말로 원하는 것은 밥 한 그릇이 아니라 사람 대접이다. 민들레 국수집에 찾아오는 손님은 하느님이 보내신 대사(大使)이다. 그래서 한 분 한 분의 이름을 불러 드리고 최대한 각자의 식성에 맞게 대접하려고 애쓴다.

손님들이 주눅들지 않도록 민들레 국수집은 늘 작고 허름한 모습으로 남아 있을 것이다. 동정이 아닌 사랑을 나눌 것. 지금 당장은 작고 보잘것없는 씨앗도 사랑을 쏟으면 싹을 틔우고 열매를 맺기 시작할 것이다.

|

080

우리 부부는 단둘이 한 침대에 누워 자지만

잠들고 나면 일시적으로 죽음에 의해 갈라지는 셈이다.

새로운 탄생을 통해 다시 만나는 것은

아침 식탁에 마주 앉았을 때다.

나는 살아서 겪는 사별을 넘어

다시 만나 마주 앉은 아내를 보고 빙글빙글 웃는다.

박범신 〈존재의 나팔 소리〉 2008년 7월호

Q.
오늘이 배우자와 함께하는 마지막 날이라면,
무엇을 하며 시간을 보내고 싶나요.

A.

|

매일 집에 들어가기 전 5분 동안

아내에게 건넬 첫마디를 생각한다.

"나야, 문 열어"라는 말 대신 오늘은 첫마디를 뭘로 할까?

아침에 나오다 보니 집사람이 감기 기운이 있었는데

"병원에 다녀왔어?"라는 말을 해야지.

황석기 〈수첩 쓰다보니 인생이 달라졌어요!〉 2000년 2월호

Q.
오늘 귀가해서 배우자에게(가족에게) 어떤 말을
처음 건네고 싶은가요.

A.

수첩 쓰다보니 인생이 달라졌어요!

황석기(제일제당 인사팀 부장)

나이 40이 가까워 오도록 나에겐 매달 100만원이 넘는 카드 결제청구서가 날라오기 일쑤였다. 적금 통장도 없었다. 항상 회사일을 핑계로 일요일이나 휴가도 없이 술에 찌들거나 아니면 집에까지 일거리를 들고 와 밤을 지새우는 날도 허다했다. 그래도 아침 5시경 어김없이 일어나 6시면 회사에 도착해야 했던 샐러리맨 생활. 아내와의 대화라야 "나야, 문 열어" "피곤해" "배고파"가 고작이었다. 그러나 IMF여파로 사회 각 부문에 구조조정이라는 과정을 거치면서 열심히 하는 모습에서 나의 좋은 경쟁자였던 주변의 동료, 친구, 선배, 후배들이 하나, 둘 그들의 자리를 떠나는 것을 보고 나는 큰 충격을 받았다.

이제까지 나의 삶은 회사일 중심에서 벗어나지 못한 기형적인 삶이었다. 그동안 난 나름대로 시간관리를 철저히 해왔다고 생각했었는데 그 시간관리라는 것이 회사일 위주로 당면하거나 시급한 일을 정리하고, 늘 한없이 밀려드는 일들을 확인하는 수준이어서 항상 무언가 아쉬움과 쓸쓸함 그리고 허전함을 느끼지 않을 수 없었다. 그러던 중 피터 드러커의 책을 읽다가 '계획이란 미래에 관한 현재의 결정이다'라는 말을 접하게 되었다.

과연 나의 미래, 나의 꿈은 무엇일까? 그리고 나에게 진정으로 소중하고 가치 있는 것은 무엇일까? 나는 나에게 진정으로 소중한 나의 가치가 '행복한 가정생활', '경제적 자립', '건강한 몸과 정신', '끊임없는 지적성장', '취미활동을 통한 건전한 만남'이라는 것을 확인했다. 이러한 다섯 가지 가치는 나에게 필요하지만 아직은 부족한 것들이어서 내가 매일매일 준비해야 할 것들이지만 지금까지는 다른 이유로 항상 뒤로 미뤄둔 것이었다.

그래서 난 나의 수첩을 새롭게 다시 쓰기로 했다. 나의 수첩에는 다섯 가지 소중한 나의 가치와 함께 구체적으로 한 해에 해야 할 일들을 적었다. 그리고 나는 매일 아침 20분을 투자해서 하루일과를 계획하며 이러한 나의 소중한 가치가 빠지거나 잊혀지지 않도록 그 어느 것보다도 우선 순위에 두도록 했다. 이렇게 한 지 2년, 이제는 세상의 중심이 나 자신과 아내쪽으로 조금은 옮겨진 느낌을 갖는다. 나의 수첩에는 이런 것이 적혀 있다.

〈매일 집에 들어가기 전 5분 동안 아내에게 건넬 첫마디를 생각한다. "나야, 문열어"라는 말 대신 오늘은 첫마디를 뭘로 할까? 아침에 나오다 보니 집사람이 감기 기운이 있었는데 "병원에 다녀왔어?"라는 말을 해야지〉 365일을 빠짐없이 한 것은 아니지만 매일매일의 조그마한 노력으로 아내에 대한 나의 관심은 높아지고, 아내의 기대 또한 놀랄 정도였다.

또 이런 것도 적혀 있다. 〈매월 최근 도서 다섯 권 이상을 구입하고 매일 1시간 이상 독서한다〉 어느 달엔 27권의 책을 읽은 적도 있다. 책을 읽는다는 것은 지적 성장을 위한 정말 소중한 정신적 투자이기 때문에 나의 일상에 있어 그 어느 것보다 중요하게 된 것이다.

따라서 나는 부천 집에서 남산의 사무실까지 지하철을 이

용하는 걸 즐긴다. 왕복 2시간이 나에게 진정으로 소중한 가치인 독서에 배려되고 있는 것이다. 만약 승용차를 이용한다면 그 2시간은 어디에 가 있을까?

또 〈체계적인 운동으로 일정한 체중을 유지한다〉라는 항목도 있다. 84kg이었던 체중을 68kg으로 감량한 나에게 운동이라는 것은 정말 즐거운 일이다. 나는 조깅과 스키와 인라인(롤러브레이드), 등산을 즐긴다.

작년엔 스키장에서 40일을 지냈다. 그리고 50일 넘게 인라인 마라톤을 했다. 세 번의 제주도와 부산 인라인 마라톤 원정여행을 동호회원(WOW)들과 함께 치렀다. 겨울을 제외하곤 매주 일요일 아내와 하남에 있는 검단산을 등산했다.

하루하루를 철저하게 산다는 것이 나에겐 무엇과도 바꿀 수 없이 소중한 일이긴 하지만 단지 '계획'대로 살기 위해서 틀에 짜맞추어 사는 것은 아니다. 나도 충동적으로 여행을 떠나기도 하고, 지쳐서 곯아 떨어지기도 한다. 어떤 경우엔 1주일 이상 아무 생각도 하지 않으며 계획조차 세우지 않는다. 단지, 나의 미래, 나의 꿈을 위해 오늘 나에게 진정으로 소중한 것들이 긴급하고 시급한 일들에 밀려나지 않도록 하고 싶은 내 바람이 내 삶을 바꾸게 한 것이다.

나의 소중한 가치들을 중심으로 한 수첩을 쓰면서 나의 삶
은 20% 이상 늘었다고 확신할 수 있다. 매일 20분의 투자로
써 하루가 네 시간이나 길어진 기분이다. 1년을 14개월로 산
셈이다.

올해도 아내와 난 동해안의 어느 콘도에서 새해를 맞이했
다. 이틀 동안 대화를 하며 우리에게 진정으로 소중한 것들
을 다시 확인하고 올 한 해 함께 할 우리들의 노력을 수첩에
적으면서….

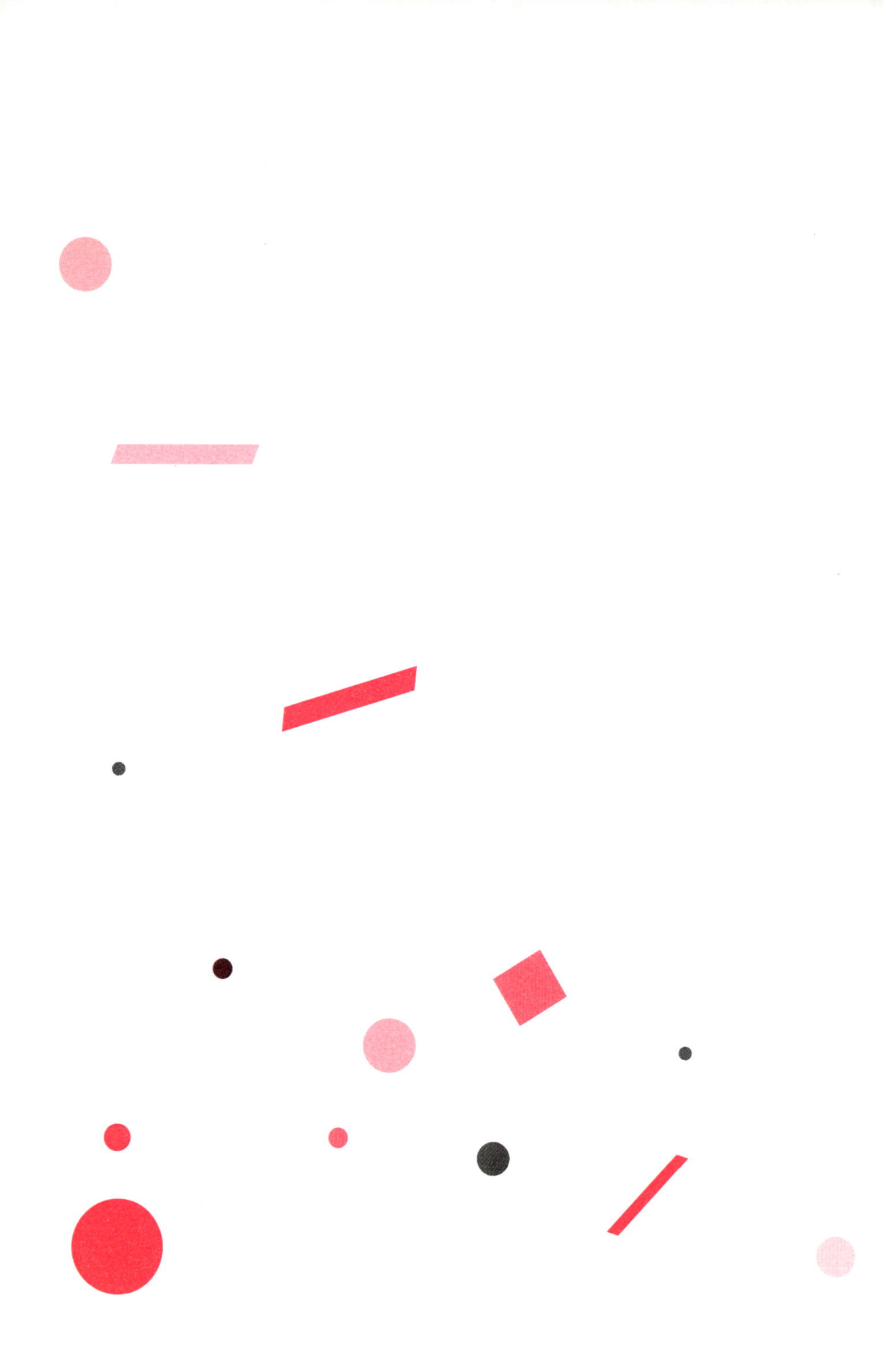

5장

자연의 맑은 속삭임

|

침묵해야 할 때 침묵하기 어려워 산에 오르면

산은 침묵으로 튼튼해진 그의 두 팔을 벌려

나를 안아준다. 좀 더 참을성을 키우라고

내 어깨를 두드린다.

이해인 〈산 위에서〉 1987년 5월호

Q.
등산을 좋아하나요. 정상에 올라서면 어떤 기분이 드나요.

A.

산 위에서

이해인(수녀, 시인)

1. 사랑이 너무 깊으면 말문이 막히듯 이 산을 향한 내 마음도 너무 깊어서 산에 대한 이야기를 섣불리 하지 못했다. 마음에 간직했던 말을 글로 써내려고 하면, 왜 이리 망설여질까. 왜 이리 늘 답답하고 허전해지는 걸까.

2. 나무마다에 목례를 주며 산에 오르면 나는 숨이 가빠지면서 나의 뼈와 살이 부드러워지는 소리를 듣는다. 고집과 불신으로 경직되었던 나의 지난 시간들이 유순하게 녹아내리는 소리를 듣는다.

3. 산에서는 시와 음악이 따로 필요없다. 모든 존재 자체가 시요, 음악인 것을 산은 나에게 조금씩 가르쳐 준다. 날마다 나를 길들이는 기쁨을 바람에 서걱이는 나무 잎새 소리로 전해주는 산.

4. 내가 절망할 때 뚜벅뚜벅 걸어와 나를 일으켜주던 희망의 산. 산처럼 살기 위해 눈물은 깊이 아껴두라 했다. 내가 죽으면 편히 쉴 자리 하나 마련해 놓고 오늘도 조용히 내 이름을 부르는 산. 살아서도 남에게 잊혀지는 법을 처음부터 잘 익혀두라 했다. 보고나서 돌아서면 또 보고싶은 기다림의 산.

5. 산에서는 아무도 말을 하지 않는다. 돌과 나무와 이끼처럼 그의 품에 안겨 기도할 뿐이다. 소나무 빛 오래된 나의 사랑도 침묵 속에 깊어진 것을 나는 비로소 산에 와서 깨닫는다. 산을 닮은 한 분을 조용히 생각할 뿐이다.

6. 깊은 옹달샘에서 물을 떠마시며 문득 생각하네. 사랑은 자연 그대로의 물맛인 것을. 물 위에 그리운 얼굴 하나 떠올리며 또 생각하네. 사랑은 있는 그대로의 물빛인 것을.

7. 노래하는 마음으로 풀꽃을 따면 옷에도 가슴에도 풀물이 드네. 풀독이 오른 내 하얀 오른팔 위에 찍혀 있는 눈부신 아침. 내 영혼의 속살까지 풀물이 드는 첫 기쁨이여.

8. 시(詩)를 노래하면 새가 된다고 - 산에서 나와 눈길이 마주친 한 마리의 귀여운 새가 일러준 말. 쓰지 않고 가슴 속에 품기만 해도 빽빽한 일상의 숲을 가벼운 몸짓으로 날아갈 수 있다고 오늘 아침 산에서 만난 자유의 새가 일러준 말.

9. 산에서 비에 젖은 바위를 보면 어린 시절 친구들과 산에 올라 꽃놀이를 하다가 갑자기 큰 비를 만나 울면서 산을 내려왔던 일이 생각난다. 그때는 산이 참 무서웠다. 그때 나와 함께 산에 갔던 친구들은 지금 어디에서 무엇을 하고 있을까. 그들도 비오는 날의 산을 보면 문득 어린 시절의 내 모습을 기억하며 궁금해 할지도 몰라.

10. 출판에 관련된 예기치 않은 일들로 나는 참 많은 어려움을 겪는다. 때로는 그 누구를 용서할 수 없는 마음이 될 때 그 마음 묻으려고 산에 오른다. 산의 참이야기는 산만이 알고,

나의 참이야기는 나만이 아는 것. 세상에 사는 동안 다는 말 못할 일들을 사람은 저마다의 가슴 속에 품고 산다. 그 누구도 추측만으로 그 진실을 밝혀낼 순 없다. 꼭 침묵해야 할 때 침묵하기 어려워 산에 오르면 산은 침묵으로 튼튼해진 그의 두 팔을 벌려 나를 안아준다. 좀 더 참을성을 키우라고 내 어깨를 두드린다.

11. 산에서 바다를 내려다보면 시커먼 연기에 그을린 도시의 얼굴을 씻겨주고 싶다. 나도 모르는 새 정이 든 이 항구도시에서 같은 배를 타고 사는 이웃의 목마름을 축여주고 싶다. 산에서는 바다가 더욱 가까이 있다. 잊었다가 다시 만난 옛 친구의 낯익은 얼굴처럼.

|

083

흔히들 휘황한 빛을 내뿜는 보석을 아름다움의

극치로 치지만, 때로는 화장기 없는 여인의 머리에

꽂힌 산씀바귀에서 더없이 아름다움을 느낄 때도 있다.

보석의 아름다움에 매료된 눈 속에는

그 값비쌈에 대한 고려도 끼어 있기 마련이지만,

버려진 자연에 눈을 돌리기만 하면

돈 들이지 않고 얼마든지 내 것으로 할 수 있는

들꽃의 아름다움은 때 묻지 않은 그대로여서 좋다.

김태정 〈벼랑 위의 들꽃 한송이〉 1986년 5월호

Q.
당신은 들꽃의 소박한 미(美)를 아는 사람인가요.

A.

|

꽃은 홀로 피지 않는 것.

끝까지 지켜봐주는 소리 없는 따뜻한 눈길이

꽃을 활짝 피게 하는구나.

다시 한번 생각합니다.

이은희 〈소리도 없이〉 1997년 10월호

Q.
애정 어린 눈길로 식물을 바라보며 교감을 나눈 적은 언제였나요.

A.

|

하늘을 바라보면서도 달이 떴다는 것을 잊기가 쉽다.

이사라 〈마음의 여유〉 1971년 7월호

Q.

늘 곁에 있어 때때로 소중함을 잊고 지내는 것들은 없나요.

A.

마음의 여유

이사라(이화여대 국문과 1학년)

버스 속에는 운전사와 차장, 그리고 두 사람의 승객뿐이었다. 신촌을 지나 아현동에 이르렀을 때 창 너머로 시선을 두고 있던 차장이 불쑥 말을 건넨다. 감탄 어린 말투로 "달이 떴어요"라고. 나는 깜짝 놀라 하늘을 보았더니 과연 동그란 달이 시민 아파트 위에서 어울리지 않는 모습으로 떠 있었다.

무척 놀라운 사실이었다. 차장이란 직업은 온종일을 사람과 사람들 틈에 끼어서 몸과 정신이 함께 시달리고 폐쇄된 감정으로 표정없는 얼굴과 신경질로 단련된 생활을 할 수 밖에 없지 않을까? 승객들의 우월감에 비해 자신의 처지가 비참해지지 않을 수가 없으리라.

　하늘을 바라보면서도 달이 떴다는 것을 잊기가 쉽다. 그런데 차장은 "달이 떴다"는 한 마디의 말을 할만큼 마음의 여유를 가지고 있었다. 도시인들의 관심에서 멀어져가는 자연을 되찾고, 삭막한 마음을 윤택하게 할 수 있는 정신적인 여유를 얼마나 지니고 있는지 우리는 생각해 보아야 할 것이다.

|

086

몰려오는 먹구름 수 없이 스쳐가도 가지에 기댄
작은 꽃, 떨어지지 않고 소리 없이 피어 있는 꽃.
아무 바람 없이 다만 하얀 빛 속에 고고하게
피어 있을 뿐. 먼지 없는 눈 속이기에 더럽히지 않은
제 빛을 간직하고, 그 향기마저 찬 바람 타고
은은히 퍼져 오는 것일까.

송경 〈설중매〉 1971년 1월호

Q.
혹독한 현실 속에서도 꼭 지키고 싶은 신념은 무엇인가요.

A.

|

빗줄기는 제 키보다 여덟 갑절이나 길게 자란

꽃뿌리를 따라 땅 깊이 스며들어

더욱 저를 서글프게 했지만

저는 그제야 홀연히 무엇엔가에 눈을 뜨는 듯했습니다.

슬픔은 혹시 사랑을 키우는 양식이

아닐까 해서였습니다.

이영희 〈민들레가 보낸 편지〉 1971년 7월호

Q.

사랑을 무럭무럭 키우는 가장 중요한 양분은
무엇이라 생각하나요.

A.

|

088

자전거 하이킹도 평지를 달려서야 재미가 없다.

가파른 고갯길을 힘들여 올라 그리곤 내리막길에

땀방울을 식히며 달리는 쾌감을 당신은 아는가.

몸살을 앓아도 화끈하게 해야 흠뻑 땀이 나고

한결 기분이 상쾌한 법이다.

앓는 것도 시름시름한 게 더욱 고통이다.

이시형 〈지친 후에야 만족이 온다〉 1980년 3월호

Q.
크게 앓고 난 뒤 오히려 기운이 생겼던 경험이 있나요.

A.

자연은 설레이는 내 마음과는 달리

말없이 깊어만 간다.

한 순간 뜨거웠던 머리들을 몰고

시냇물과 벌레들의 울음소리를 이끌고

어디론가 떠나고 있다.

모든 것이 떠나고 있는 마지막 풍경이

얼마나 아름다운가.

박서보 〈가을들판〉 1970년 10월호

Q.
사색에 잠기게 되는 가을은 당신에게 어떤 시간인가요.

A.

|

090

11월 달의 건시들. 이제는 물기도 햇살도

더 탐하지 않는다. 껍데기마저 모두 다 벗어버리고

오로지 깎여진 맨살로 건시는 초겨울 뜨락에 걸려 있다.

그러나 우리는 이 계절에도 알아야 한다.

햇살도 이렇게 일찍 사위어지면 곧 긴 겨울이

다가오고 있음을 알아야 한다.

그래서 어떻게 저 건시들이

자기만의 깊은 단맛을 가슴에 담고 있는지를.

김명수 〈초가집 추녀밑의 건시(柿)〉 1980년 11월호

Q.
당신의 내면이 단단히 영그는 계절은 언제인가요.

A.

|

기억하라.

비구름 저편에는 변함없는 태양이 있다는 것을!

정태시 〈항상, 기뻐하라〉 1985년 2월호

Q.

시련 뒤에 반드시 행복이 온다고 믿나요.

A.

|

우리의 삶은 일직선으로 뻗어가는 운하가 아니라

돌에 부딪치면 돌아가는 여울이 되고,

산을 만나면 잠시 고였다가 흐르는 호수가 되기도 하며

때로는 폭포, 때로는 소용돌이가 되어 흐르는

강과도 같은 것이라 할 수 있다.

이어령 〈아침 중의 아침을 위해〉 1988년 1월호

Q.
당신의 삶은 현재 어떤 흐름 속에 있나요.
고요한 호수인가요, 거센 폭포인가요.

A.

|

093

저는 비로소 사람의 향기란 어떤 것인가

어림짐작을 할 수 있었습니다.

코로 맡는 향기가 진한 사람일수록

사람의 향기는 적은 법이고,

사람의 향기가 강한 사람에게서는

코로 맡을 수 있는 향기가 아니라

마음으로 맡아야 하는 향기가 풍긴다는 사실 말입니다.

이지누 〈할배한테 찔레꽃 향기가 나네〉 2003년 6월호

Q.
당신은 주변에 어떤 향기를 퍼뜨리는 사람인가요.

A.

|

산에 갔다. 산이 온몸으로 요동을 치고 있는 것이

내 몸 안에 느껴졌다. 에너지로 충만하고 팽창하여

급기야 터져 나오려고 한다. 봄에 산에 오르는 사람은

누구나 이 격정을 느낄 수 있다.

살며 로또복권에 당첨되는 이기적 기적을 바라지만,

'부족한 것은 기적이 아니라 감탄'이라는 것을

늘 잊고 산다. 바보들, 그게 바로 우리들이다.

구본형 〈적절한 시간〉 2003년 4월호

Q.
당신은 자주 감탄하는 편인가요.

A.

|

숨결은 본시 바람이다.

바람이 우리의 몸 안을 들고나는 것이 바로 숨결이다.

숨을 들이쉬고 내쉬고 하는 동안

우리의 숨결은 끊임없이 다른 숨결과 섞인다.

이 과정은 자연과 우주의 차원으로 확대해도 마찬가지다.

놀랍게도 나의 작은 숨 쉬는 행위를 통해서

이 세상의 모든 존재들이 하나로 연결되어 있는 것이다.

내가 나무이고, 태양이고, 산이고, 강이고, 꽃인 것이다.

네가 바로 바람이고, 해이고, 물결인 것이다.

서정록 〈생명의 숨결〉 2006년 7월호

Q.
다시 태어난다면 어떤 자연물로 태어나고 싶은가요.

A.

096

꽃샘바람은 꽃만 실하게 피우고자 하지 않는다.

봄기운에 물이 오르기 시작한 나무들을 한껏 흔들어

나뭇가지와 뿌리를 실하게 하는 구실도 한다.

겨울잠을 깬 나무들은 꽃샘바람에

몹시 흔들리는 까닭에 뿌리를 더 넓고 깊게 뻗치면서

땅의 속살들을 더 꽉 껴안게 되어,

여름에 거센 태풍이 닥쳐도 끄떡없이 자란다.

임재해 〈영등할매 오시면 꽃샘바람 몰아친다〉 2003년 3월호

Q.
꽃샘바람 같은 시련 덕분에 더 큰 시련을
극복할 수 있었던 적이 있나요.

A.

단풍은 이제, 이 상달에 최후의 아름다움을
이룩해내고 있다. 그것은 지는 해의 아름다움
같은 것일지도 모른다. 저녁 어스름,
서쪽 먼 하늘에 끼는 노을 같은 것일지도 모른다.
해돋이 순간의 노을보다 결코 못하지 않게
찬연한 것이 해 기울음 때의 노을이다.
어쩌면 해돋이의 노을은 해지는 노을을 미리미리
마련하기 위한 예비에 지나지 않았을지도
모르지 않는가.

김열규 〈시월 상달, 감나무 단풍에 기대어 생각한다〉 2003년 10월호

Q.
당신의 에너지가 충만해지는 시간은 해 돋는 아침인가요,
해 지는 저녁인가요.

A.

098

작디 작은 이슬방울 속에 꽃과 나무뿐 아니라

그 넓은 강과 하늘이 자리할 수 있는 이유는 무엇일까?

오직 하나, 이슬의 맑고 깨끗함 때문일 것이다.

때묻지 않은 투명함 때문에 세상의 모든 것을

품어 안을 수 있는 것이다.

최병성 〈하늘이 선물한 보석〉 2005년 8월호

Q.
투명해진 마음으로 어떤 풍경을 보고 싶나요.

A.

|

조용한 노인. 내가 꿈꾸는 미래의 내 모습은

바로 그것이다. 나는 침묵하는 노인이 아니라

조용한 노인이 되고 싶다.

바위는 침묵하고 있는 것이 아니라

조용함을 간직하고 있는 것이다.

나는 바로 그러한 조용한 바위가 되고 싶다.

최인호 〈조용한 사람〉 1993년 12월호

Q.
침묵과 조용함의 차이는 무엇이라고 생각하나요.

A.

조용한 사람

최인호(소설가)

어디서 누구에게 들었는지 정확히 기억나지는 않지만, 자기의 나이를 짐작할 수 있는 재미있는 척도가 있다는 것이다. 그것은 아주 간단하다고 했다. 즉 길거리에서 교통정리를 하는 교통순경이 어리게 보이고 동생처럼 느껴지면 40대, 귀엽게 보이고 아들처럼 느껴지면 50대가 되었다는 증거라고 한다.

요즈음 나는 그 말을 실감한다. 예전에는 길거리에서 교통순경 아저씨들과 말다툼도 무척 했었다. 그 당시에는 만만한 게 교통순경들이어서 웬만한 위반을 하고서는 쉽게 이를 인정치 않으려고 했으며, 그들이 위반딱지라도 떼려고 하면 낯을 붉히고 말싸움도 곧잘 했었다.

그런데 언제부터인가 교통순경들이 동생처럼 느껴지더니 요즈음에는 그냥 귀엽게만 느껴지고 있다. 더욱이 요즈음에는 나이든 순경들보다는 어린 전경들이 교통정리를 하고 있는 것이 보통이니, 어쩌다 그들과 대화를 나눌 때가 있으면 영락없이 아들녀석처럼 느껴진다.

될 수 있는 한 위반을 하지 않으려고 노력하는 편이지만, 서울에서 운전을 하다 보면 교통체계가 워낙 불합리하여서 귀에 걸면 귀걸이요, 코에 걸면 코걸이 식의 위반을 어쩔 수 없이 저지르게 된다. 그럴 때면 이를 단속하는 전경들과 법규에 대해서 조목조목 따질 때도 간혹 있기 마련이다.

한참 말다툼을 하다 보면, 나는 갑자기 그들에게서 친아들과 같은 느낌을 받게 된다. 그러면 '아이구 관둬라, 저 아들과 같은 녀석이 매연이 가득한 거리에서 호루라기를 불면서 하루종일 서 있는 것도 참으로 고통스러운 일일 텐데 나까지 뭐라고 그들과 다투어 고통을 더해주고 있는 것일까' 하는 노파심이 들어서 그만 벌금딱지를 받고 물러서고 마는 것이다.

이따금 집의 아내도 '우정의 무대'인가 뭔가 하는 프로그램을 보면서 혼자 눈물을 질질 짜곤 한다. 무슨무슨 군부대의 군인들이 나와서 노래를 부르고 있으면 어머니가 나와 군복무 중인 아들과 만나 서로 부둥켜안고 울고는 아들이 어머니를 업고 무대를 한바퀴 도는 고정 레퍼토리가 있는 프로그램인데, 그 장면이 나오면 아내는 도단이 녀석이 아직 군대에 가지 않았음에도 불구하고 질질 눈물을 짜곤 하는 것이다. 그 군인 아이들이 아들처럼 느껴져서 우는 것을 보면 아내나 나나 확실히 40대 후반에 접어든 꼰대(?)가 되어버린 것만은 분명한 일이다.

그런데 요즈음 내게 한가지 절실하게 느껴지는 것이 있다. 그것은 내가 주로 나보다 나이 어린 사람들을 만나게 된다는 사실이다. 나는 비교적 일찍 작가로서의 사회활동을 하였으므로 젊었을 때부터 주로 만나는 사람들은 나보다 나이 많은 사람들이었다. 뻔뻔하리만치 비위가 좋은 편이어서 간혹 만나는 사람들은 금방 내게 있어 형님이 되었고, 금방 선생님이 되었다. 열 살이 넘는 사람들도 나는 곧장 '아무개 형님, 아무개 형님' 하고 부르고 다녔는데, 선생님이라고 부르기보다 형님이라고 부르면 훨씬 친근감이 빨리 들고 친해지기가 그만큼 더 쉬웠기 때문이었다.

30대에 접어들고 나서는 내게도 형님이라고 부르는 후배들이 많아지기 시작하더니, 언제부터인지 서서히 나를 선생님이라고 부르는 사람들의 숫자도 점점 늘어나서 이제는 내가 형님이라고 부르는 사람보다 나를 형님, 선생님이라고 부르는 사람의 숫자가 훨씬 더 많아지고 있다.

요즈음에는 거의 나를 형님, 선생님으로 부르는 젊은 사람들과 주로 만나게 된다. 그래서 나는 존댓말을 듣고, 나는 반말을 하는 만남의 기회가 점점 더 늘어가고 있는 것이다. 솔직히 말해서 내가 동생이었을 때는 처신하기도 좋고 웬만큼 버릇없고 무례하여도 동생이기 때문에 다 용서받았었는데, 내가 형님으로 선생님으로 불리우고 공댓말을 듣게 되는 경우가 많게 되고부터는 몸가짐이 훨씬 더 조심스러워졌다. 더구나 나를 형님으로 부르는 후배들에게 '나는 정말 그렇게 불리울 만큼 자격이 있는가, 형님으로서의 책임까지 느끼고 있는가' 하고 스스로 조심스러워지고 부담스러운 경우가 많아지고 있는 것이다.

그러다보니 자연 내가 남의 말을 듣기보다는 내가 말을 하는 경우가 많아지고 있다. 젊었을 때부터 잘난 체해서 말이 많았던 나는 평소에도 그말에 대해서 혐오감을 느끼고 있었는데, 그래도 그때는 나이가 어려 형님들과 선생님들과 자리를 마주하면 설혹 그들의 말이 시대에 뒤떨어지는 것처럼 느껴지고 재미가 없어도 어쩔 수 없이 그말을 들을 수밖에 없는 편이었다.

그런데 이제는 나보다 어리고 젊은 사람들과 자주 만나다 보니 주로 그들은 내말을 듣는 편이고 나는 주로 말을 하는 쪽이 되어버린 것이다. 내말이 권위가 있고 내말이 보다 지혜로워서라기보다는 나이가 더 많이 들었으므로 예의상이라도 그들은 내말을 열심히 들어주는 것이다.

그런데 그런 것도 모르고 나는 그들이 내말이 재미있고 유익하고 더 많은 지혜를 갖고 있어 내말에 귀를 기울이고 있다는 착각에 가끔 빠져버리게 되는 것이다. 이것이 요즈음 내가 갖고 있는 중요한 딜레마 중의 하나이다. 그래서 나는 주의깊게 '말'에 대해서 생각해보곤 했는데, 결국 나는 대부분의 말들이 나 자신의 이야기로만 국한되고 있음을 깨닫게 되었다.

나이가 들어갈수록 사람들은 자기 자신의 이야기를 토해내게 된다. 그만큼 추억이 많아져서 그런지는 몰라도 나이가 들어갈수록 그 사람의 입에서 나오는 이야기의 주제는 자기

애기, 자기만의 추억, 자기의 의견, 자기 편견, 자기 주장이 많아지는 것이다. 문제는 그런 애기에 쉽사리 이의(異議)를 제기하는 사람이 없다는 점이다. 왜냐하면 그런 말을 하는 사람이 자기보다 나이가 많은 선배이자 선생님이기 때문에. 다만 나이든 사람에 대한 예우로써 말을 듣고 있을 뿐인데도 나이든 사람들은 자신의 말을 여러 사람들이 경청하고 있기 때문에 자기 말이 재미있고 유익하며 지혜롭고 올바르다는 무서운 환상에 점점 빠져들게 되는 것이다.

또한 나이가 들다 보면 그 나름대로 웬만한 인생 철학쯤은 터득하게 되어서 남에게 듣기 좋은 교훈거리쯤은 한두 가지 갖고 있기 마련인데, 이런 교훈거리도 자주 얘기하다 보면 히트곡 하나 가진 흘러간 가수가 기회 있을 때마다 무대에 나와서 흘러간 노래를 계속 부르는 것과 같은 꼴불견이 되고 마는 것이다. 다혜와 도단이는 이따금 내게 항의한다. "아빠는 기회가 있을 때마다 무엇인가 꼭 메시지를 남기려 한다구."

무슨 얘기인가 하면 아버지인 나는 그들과 그냥 평범한 일상 얘기를 하다가도 그말 중에 느닷없이 교훈적인 메시지를 섞어서 꼭 훈계조의 말을 덧붙인다는 것이다. 가령 밥을 먹는 얘기를 하는 것뿐인데도 그말 중에 교훈적인 훈화쯤을 꼭꼭 한마디 섞어야만 직성이 풀리고, 가을철이 되어서 추동복으로 갈아입을 뿐인데도 갑자기 얘기 중에 교장선생님 훈화 같은 메시지를 섞으려 한다는 것이다. 그래서 아이들은 이렇게 내게 충고를 한다. "아빠 제발 메시지는 이제 그만 남깁시다."

중국이 낳은 선의 천재, 그래서 고불(古佛)이라 불리웠던 조주(趙洲)는 60이 넘은 나이에도 주장자를 하나 들고 산문을 나서면서 다음과 같은 말을 하였다. '나는 세 살 먹을 어린아이에게도 배울 점이 있으면 그에게서 배울 것이며, 70 먹은 노인이라도 가르쳐줄 것이 있으면 가르쳐줄 것이다.'

조주의 말처럼 아이들의 충고에 내가 배울 점이 있으니, 그것은 쓸데없는 일상대화 중에 그럴듯한 교훈적인 말을 섞으려는 그 잘난 체하는 교만을 버릴 것, 또한 남들이 얘기를 잘 들어준다고 해서 잘난 체하고 수다를 떠는 그 어리석음을 깨우칠 것, 또한 말속에 주책없이 자기의 얘기를 섞어 넣는 만성적 치매현상에서 벗어날 것.

아니다. 나이가 들수록 입의 문을 닫고 말의 빗장을 잠궈야 할 것이다. 그 대신 외부를 향해 열려 있는 귀의 대문을 활짝활짝 열어둘 것. 조용한 노인. 내가 꿈꾸는 미래의 내 모습은 바로 그것이다. 나는 침묵하는 노인이 아니라 조용한 노인이 되고 싶다. 바위는 침묵하고 있는 것이 아니라 조용함을 간직하고 있는 것이다. 나는 바로 그러한 조용한 바위가 되고 싶다.

겨울은 터널같은 것이라고 한 사람이 있다.

실패나 실의(失意), 좌절(挫折)은 인생에 있어서

터널같은 것이라고 한 사람도 있다. 1월도 가고,

2월도 다 가고 있는데, 봄은 좀처럼 오지 않는다.

남쪽에서 불어오는 바람에 잔설(殘雪)이

녹는 듯하다가도 북녘바람이 휘몰아치면

다시 강산은 얼어붙는다.

계절이란 한겨울 다 갈 데로 가야만 봄을 맞을 수 있다.

계절에 지름길은 없나보다.

터널을 다 빠져나갈 때까지 지름길이 없듯이.

그러나 터널의 출구는 꼭 있다.

김재순 〈기나 긴 겨울은 간다〉 1981년 3월호

Q.
지금 당신의 터널 속에서는 출구가 보이나요.

A.

56년 샘터 잊지 못할 명문장
평범한 사람들의 행복 필사

1판 1쇄 발행 2026년 2월 25일
1판 3쇄 발행 2026년 3월 30일

펴낸이 김성구
기획제작이사 김지용

책임편집 한재원 김윤미
디자인 표지 | 이아름 본문 | 이영민
콘텐츠본부 고혁 양지하 이은주 류다경 김초록
마케팅부 송영우 김지희 강소희
제작 어찬
관리 안웅기 이종관 홍성준

펴낸곳 (주)샘터사
등록 2001년 10월 15일 제1-2923호
주소 서울시 종로구 창경궁로35길 26 2층 (03076)
전화 1877-8941 | 팩스 02-3672-1873
이메일 book@isamtoh.com | 홈페이지 www.isamtoh.com

ⓒ 샘터, 2026, Printed in Korea.

ISBN 978-89-464-7537-3 03810

- 값은 뒤표지에 있습니다.
- 잘못 만들어진 책은 구입처에서 교환해 드립니다.

샘터 1% 나눔실천
샘터는 모든 책 인세의 1%를 '샘물통장' 기금으로 조성하여 매년 소외된
이웃에게 기부하고 있습니다. 2024년까지 약 1억 1,650만 원을 기부하였으며,
앞으로도 샘터는 책을 통해 1% 나눔실천을 계속할 것입니다.